繆天華著

# 寒花墜露

三民書局印行

行政院新聞局登記證局版臺業字第○二○○號
著作權執照臺內著字第三三一七號

中華民國五十八年五月初版
中華民國五十九年八月再版
中華民國六十五年一月三版

寒花墜露

基本定價壹元貳角伍分



著作者　繆天華
出版者　三民書局有限公司
發行所　三民書局有限公司
印刷所　三民書局有限公司
台北市重慶南路一段六十一號

# 三民文庫編刊序言

書是知識的滙集，知識是人人必備的，因而書是人人必讀的；我們出版界的責任，就是要提供好書，供應廣大的需要。不但在內容上要提高書的水準，同時在價格上也要適合一般的購買力，至於外觀求其精美，當然更是印刷進步的今日應該做得到的。

知識是多方面的，社會科學、自然科學的知識，文學、藝術、哲學、歷史的知識，莫不為人所必需，推而至於山川人物的記載，個人經歷的回憶，也都包括在知識的範圍以內；這樣廣博知識的滙集，就是我們所要出版的三民文庫陸續提供的讀物。

在歐美日本等國，這種文庫形式的出版物，有悠久的歷史及豐富的收穫，人人愛讀，家家傳誦，極為我們所欣羨。近年來我國的出版界，在這方面亦已有良好的開始；我們願意站在共求文化進步的立場並肩努力，貢獻我們微薄的力量，參加裁種的行列。我們希望得到作家的支持，讀者的愛護，同業的協作。

中華民國五十五年雙十節

三民書局編輯委員會謹識

# 目錄

上端有風輪，比較熱鬧，可是下面必須拖着一個稻草做成的尾巴，也比較麻煩，不如雙顆印紙鳶簡單省事。其餘如蜈蚣、美人、月亮、蝴蝶、蜻蜓、魚、蟹……等紙鳶，我自己不會仿製，店裏出售的，價錢昂貴又買不起，不消說有許多種我還沒有放過哩。有一回，我的伯父偶然高興起來，替我糊了一個鮎魚紙鳶，有一丈光景長，上面還寫着「鳶飛魚躍」四個大字，用紅筆圈着。

「你知道放紙鳶的意義嗎？」伯父歪着頭在欣賞自己的「傑作」，隨後問我。

「啊——，這是好玩的遊戲呀！」我笑着回答。

「不，你們都不知道。」伯父捋着兩邊稀疏的「八字鬍」，開始向我教訓了：「放紙鳶的時候，張開嘴，仰頭向着青天，呼出濁氣，吸進新鮮的空氣，這是一種良好的戶外運動，可惜現在許多人只知道紙鳶好玩，竟不明白古人的用意所在！」

放紙鳶時最討厭的障礙物是電線，必須留心避開，否則風一轉大，紙鳶一個倒栽葱下去，鈎住了電線，麻線斷了，紙鳶拉不下來，多糟！伯父替我糊的那個大鮎魚紙鳶，我雖然非常喜歡它，可是捨不得時常放，經常放的還是那個用習字紙糊的雙顆印，輕便省事，不管有沒有助手，不管風大風小，都可以放。這件事是值得特別提起的，就是在一個深秋的傍晚，風高氣爽，我在田野裏放着那個雙顆印，我的助手在旁邊跟隨着。放了一會兒，覺得有點厭倦了，就把紙鳶的線拋到牆內，在院子裏面放。深藍色的天空裏，浮動着雙顆印紙鳶：白色的紙，寫着黑字，上下兩個方形，上面的一塊略扁，下面的一塊略長，中間露出一條空隙，看起來眞像兩顆印呢！突然，紙鳶搖搖擺擺地往下面掉落，我知道這是黃昏時候常有的現象，因爲這時候風漸漸小了，停歇了一會，然後再起風。天空的藍色加深了，現出幾點星星，紙鳶向下掉落了一半，又乘風向上飄浮，一直往上升，幾乎就在我的頭頂上面。奇怪，紙鳶還是繼續往上飄浮，——原來線已經斷了！我們連忙向田野裏跑，預備拾回那個紙鳶，可是那紙鳶却只管向西邊的天空飄去，越飄越遠，越遠越小，終於給浮雲遮蔽住，看不見了。

我對這斷了線飄去的紙鳶並不怎樣惋惜，我只覺得驚異；我的同伴却向我警告：「假如你把這件奇蹟告訴別人，當心人家會以爲你說謊呢！」………

現在，我差不多常在走廊上或者窗下度過這些寂寞的黃昏。都市生活使我的行動範圍縮小了，豆腐乾似的天井，幾乎不能轉身，我的天地越來越狹小了。

昨天傍晚，我正坐在房裏寫日記，聽得矮牆外面馬路上有孩子們的呼喊聲，我跑到走廊上，把頭從屋簷下伸去出一看，西邊的天空裏飄蕩着一個鯧魚形狀的小紙鳶，我不覺看得出神。

「哈哈——您也要放紙鳶嗎？來，來啊！」孩子們從矮牆外看見我，歡呼着說。

「哦，我不是想跟你們一同放，……我眞想變成那紙鳶，那個斷了線的紙鳶，向深碧的天空中飄去……。」我向孩子們笑了一笑，心裏暗暗地對自己這麼說。

# 目錄

# 寒花墜露

## 題詞

寒花固然不如春花爛漫穠豔，使得人人喜愛，但是能够耐寒。古人有詩說：

「莫嫌老圃秋容淡，
且看寒花晚節香。」

當寒風蕭瑟地颳着，衆芳搖落的時候，菊花不怕風霜的摧殘，依然開放着，這種堅貞秀逸的特質，是我所嚮往的啊。

朝露是極暫短的，倏忽消逝。花葉上的露珠，晶瑩圓潤，可是頃刻間，不墜落也會乾掉。「人生如朝露，」應該知道珍惜，也應該知道惕厲。墜露也許會被人們所輕棄，我却特別愛惜牠。

我沒有什麼野心，更不敢自負。偶然有些感觸，不免信筆塗抹了下來，積成了若干篇短文。我既然喜歡寒花和墜露，現在就借了來作這本小册子的名稱。我只願將這些芳潔的微物，呈獻給現在或者未來的讀者們，假如能夠博得諸君的一粲，也就足以自慰了。

五十三年初秋，天華記於臺北寓居。

# 划船

從小在運動方面我是一個低能兒，這也許是因爲常被關在圍着高牆的院子裏，很少跟野孩子接近的緣故吧。可是我小時候却學會了划船。

我家的後門臨着一條大河，祖父自備了一隻淡藍色的小船，輕巧可愛，船頭畫着水鳥形狀的畫兒，是祖父自己設計的。這種小船，後面有兩把槳，也可以只用一把槳划着；要特別快時，船頭還可以加一把槳，而普通的小船只有船尾兩把槳，是沒有船頭這把槳的。

教我划船的是我的大哥，那時候他在中學裏念書，最喜歡各種戶外活動，幾乎連一刻也坐不住似的。小船停泊在埠頭，要划船似乎很方便，可是因爲祖父怕出事情，禁止我們划船，所以平時把槳藏在家裏。船槳有一丈多長，擱在走廊的角落裏，或者掛在屋梁下面。想把牠從家裏偷運出去眞是費事，先得打聽祖父正在哪裏，最好是他在花園裏種花，或用竹枝拂拭蜘蛛絲的時候。

「Go boating!」大哥低聲地對我說。祖父不懂英語，所以大哥特別敎我他在學校裏剛學來的英語，要我記得。

「好，」我答應着，輕輕地開了後門。他趕快背了沉重的槳，轉彎抹角跑出來，一面又要當心不可碰到門窗欄杆，如果一發出響聲，驚動了家裏的人，事情就敗露了。

偷到了槳，我們立刻解纜開船。當然，大哥是船夫，我當助手。我用竹篙撑開船，他划着槳，慢慢地向遮蓋着濃綠樹蔭的深潭那邊划去。那兒的水據說很深，有二丈光景。偶然有人用長竹竿縛了布袋，在河底打撈爛泥當作肥料用，整根的竹竿全沒進水裏去了，因此可以測出潭水的大概深度。

划船的技術並不怎麼難：眼睛要直看船頭，不要看槳；用力而且平穩地划着，別亂打槳濺起水花來；船須筆直地向前進行，不可彎來彎去，或向左右搖擺着。這些基本的技術我都慢慢地學會了，後來大哥也讓我試划，他自己坐在船頭，用竹篙撥水，保持正常的前進的航路。但是我得小心地划，假如出了一點小岔兒，他就會擺起「大哥」的架子罵我一頓的。

河上的風景是多變的，新奇的：水面可以看到一條條的小魚，一會兒潛到水底去了；成羣結隊的鴨子，一邊游一邊「鴨鴨」地叫着；水上浮着一些水草，從船邊倒退過去；還有岸邊的草兒，野花，石頭子兒，岸上的樹木，稻田，籬笆，田舍，……這些都使我的兒童的好奇心得到了滿足。我現在想起，好像還聞到那種特有的芬芳的花草泥土氣味呢。

我們平時上學也坐着小船去，船夫阿塗一槳又一槳地慢慢划着，船身只管向左右顛簸，幾乎沒有往前移動，那眞會使人沉悶得要死，所以我寧可跑路到學校去，不要坐船。尤其是下雨天，坐在密閉黑暗的篷篷裏面，什麼都看不見，只聽到「咿——喔，咿——喔」的槳聲，又不能上岸走路，我那時認爲最討厭的事就是雨天坐船了。可是現在我們自己偷偷地划着船，在河上遊玩，漂蕩，這是多麼不同呀！

「向板橋外面划去吧。」在深潭周圍划得厭倦了時候，大哥提議說。

我們掉轉船頭向板橋那邊划。那座板橋是又舊又低，水漲時，船不能從橋下過去，就必須叫人站在岸上舉起一邊的橋板，才能通過。但是在平常時候不必這樣做，只要划船的人把身子俯下去，就可以划過橋了。板橋外那條河的河面更寬廣，往來的船隻很多，須得特別小心，不要碰到別的船隻。不然，準會受到火氣大的船夫的臭罵，甚至於翻了船。最麻煩的是遇到小汽船，牠掀起了大波浪，向小船衝來，浪花從船舷打進，所以小船得趕快迴避，轉過船頭，將船尾向着汽船，以避開洶湧着的浪頭。

當我們在水中玩得與盡歸來時，自然免不了一頓嚴厲的責罵。

「老是愛划船，眞該死！」祖父在岸上等候我們，忿怒地喊叫着，他很少像這樣地暴躁發怒的。

我們不敢說一句話，低着頭，兩個人扛着槳，只顧往門裏面跑。

「小鬼頭，碰壞了船才開心！」船夫阿塗用他的紅眼睛斜看着我們，補充了兩句「敎訓」。

「哼！」我們輕蔑地回答他，把槳放回原來的地方。

這樣淘氣的「喜劇」重演了好幾次。祖父的發脾氣使我感到不安，慚愧，可是我又不敢向他直說出來。

祖父也會划船，划得很慢而平穩。一個夏天的下午，他划船到深潭那邊樹蔭下釣魚，我跟了他同去。

他帶了釣竿，魚簍，魚餌，小櫈子，茶壺，點心，……一切的用具，應有盡有。我坐在旁邊看他釣魚，開始覺得很興奮，隨後變得不耐煩了，因爲水面上的「浮子」始終不向下沉，沒有魚來上鈎。雖然樹蔭下面很涼快，葉子很密，陽光漏不下來，有時候風吹過，河面上起了鱗鱗的漣漪，漸漸地向那邊移去，這邊又接着來了；可是這些我已經看厭了，覺得有點單調。……

忽然「浮子」近旁的水面出現了一連串的水泡。

「啊，鯉魚來了！」我嚷着，跳了起來，使船身顚簸得很厲害。

「別動……」祖父搖着他的左手，說。

大概靜默了五六分鐘之後，「浮子」突然沉下去了，祖父連忙把釣竿往上面一拉，釣竿彎曲着成了半圓形，拉不上來了。在水底被釣着的魚想逃走，往前面用力游去，勢頭不小，他只得把釣竿下端輪子上的釣絲放長，一會兒又試着捲回，這樣掙扎了好久，終於把輪子上的釣絲都放完了。

「釣到一條很大的魚啦！」一個站在岸上的農夫對我們喊着。「我幫你們划船吧。」

小船跟隨水底的魚划着。據說魚的嘴被釣鈎鈎住了，覺得疼痛難過，就在河底或灘上摩擦，想把釣鈎脫出，所以忽快忽慢忽上忽下地游着，當牠游得很快的時候，只好放了釣竿，讓釣竿尾端在水上漂浮着，因爲釣絲太細，怕會拉斷了。

釣竿的尾端直向板橋那邊很快地浮去，被釣着的魚游過了板橋，向更廣更深的大河逃命。我們的小船也跟着划過了板橋。這時候岸上聚集了許多旁觀的人們：女人帶着吵嚷不停的小孩子，從廚房裏跑出來，男人也趕來湊熱鬧，指手畫脚地在談說着。釣竿的尾端已經用繩子縛着，爲的是恐怕牠被拖到深水裏去了，找不到魚的踪跡。

「啊啊！……」

「一條好大的鯉魚啊！」

「恐怕有十多斤重吧。⋯⋯⋯」

岸上的人們在喊着，起了一片嘈雜歡呼聲。鯉魚差不多被拉到水面，顯出了肚下帶黃色的鱗，但是受着驚駭，一下子又鑽到水裏去了。

一直到天色漸漸黑下來時，被釣鈎鈎住的大魚，終於游得沒力氣了，浮上水面，於是用小魚網將牠捕了上來，放在船艙裏。有人拿了秤來一稱，足足有十六斤重！祖父老是微笑着，我從來沒有看見他這樣開心過。魚鱗有銅元那麼大，後來祖父拿了一片魚鱗嵌在玻璃窗上，留作紀念。

自從釣到十六斤的大鯉魚以後，祖父似乎不大嚴厲地禁止我們划船了。也許是他認爲我們已經逐漸長大，不會出什麼亂子了吧。夏天白天划船怕熱，晚上乘涼蚊子多，划划船倒是一種好辦法；只是在黑魆魆的水上划船，既然危險，又沒趣味，要有月亮才好玩。河水靜止的時候，上下懸掛着兩個月亮，河水好像透明似的。一打着槳，水裏的月影破碎了，變成了無數耀眼的銀色的細波。小船在空明中前進，這時候眞會覺得大自然的奇妙，自己的渺小呢。

要是划船到朋友家裏去，那就得用兩把槳划，四五里的路，大概需要二十多分鐘可以到。我總是划第二把槳，因爲後面的那把槳最難划，必須力氣大技術熟才行。回來的時候，我們常在大橋那邊的小店裏買些花生米，冰雪糕，或者楊梅之類的水果，兩人搶着喫。⋯⋯這些太平日子裏的瑣事，在當時覺得平淡無奇，不值得去珍惜顧念，現在所追憶到的，不過是偶然留下來的一些淡淡的痕跡罷了。

夏夜划船，究竟容易出汗，還是美中不足。我以爲在秋冬的季節裏是最適宜的。記得在一個微雪後的冬天早晨，薄雲中露出淡淡的陽光，遠山還留着殘雪，我獨自划着小船，向着西南方幽靜的山脚進發。那時候大哥早已離開了家鄉，跟我初學划船的時期相隔了許多年，我已經不再是一個孩子了。

天氣是非常地冷，我的手凍得僵木了，所以兩手須得連連摩擦着取暖。不久就慢慢地暖和一些了，因爲划船是要用氣力的。小船出了大河，先向南邊划。划了十幾分鐘，再向西邊一條小河轉彎。冷風從對面刮來，浪打着船頭，船很慢地頂着風前進。這條河一直通到山脚，距離我家大概有六七里的路程，去時逆風，回來順風，就不必愁會用盡力氣沒法划回來的危險了。江南的冬天並不十分蕭條，岸旁的烏桕雖然已經落掉葉子，但是榕樹跟樟樹的葉子仍舊是青翠的。划過了一座石橋，那兒的水更澄澈，左邊岸上矗立着一座巖壁，青蒼多幽趣，似乎在向遊人招引。再過去不遠，就到山脚下，一叢竹林圍住了幾家農舍，旁邊山谷間一道小溪淙淙地流下來，流向河裏。我將船停泊在那兒，附近一帶山上的積雪可以看得比較淸楚了，潔白、晶瑩，好像堆着細鹽似的，青褐色的峯頂在雪中突出來。上面的天空，雲縫裏露出蔚藍的一角，和白雪相映襯着，眞是神奇迷人的景象。我嘗試着要做一首詩，可是連一句也做不出來。我不禁想起古人所說的：有雪無詩，眞成一個俗人呢。我是懷了做一個「詩人」的願望而去，誰知回來仍舊是一個「俗人」！……

現在我知道，靠着划船這種活動，鍛鍊了我少年時候的身體，加强了我的冒險勇敢的精神，減少了一些懦弱畏縮的缺點，我應該替自己慶幸，曾經學會了划船。去年秋天，我同朋友們到碧潭去過週末，我居然能够替他們划大號的遊艇，從煤礦上頭一直划到吊橋邊，這件事使他們感到奇怪。——假如他們知道我過去的這一段有趣的生活，自然就不會覺得驚奇了。

# 傍晚

我最愛在傍晚時候出去散步，望着西天血紅的夕陽，變幻的雲霞，常會引起淡淡的愁思，因此聯想到人生的種種問題，有時候還會得到一些啓示。可惜這十幾年來，我都住在鬧市裏，一出門，就看見汽車横衝直撞，飛土揚塵，如入五里霧中，使人覺得「行路難」，散步的興趣不用說早全消失了。

西方的天空，在從前對我沒有什麼特別的意義，現在却大大不同了。我每次向西邊凝望着蔚藍色的天空（有時候是被雲遮住了的），心裏總有無限的思潮起伏着。在那邊的天空底下，有許多地方，有許多人物，都是我所熟悉的，如今分隔得那麼遙遠的，不知道他們怎麼樣了？什麼時候有再見的機會呢？

好多好多年以前，那時我還是一個年輕的人，住在吳淞一家牛奶廠裏，從樓上走廊看下去，園裏籬笆下面傍晚時候常有一個老頭子站在那裏，他大概才從工作的地點回來，望着瓦盆裏的幾棵什麼花出神。我覺得非常好笑：這幾盆可憐的花，値得天天這樣地欣賞！多麼無聊的老頭子！自然，我那時年輕，不理解中年人和老年人的心境。一個人未過中年，怎麼能够了解這種心情呢？中年以上的人外表看來是止水，平靜無波，其實內心是奔流激動的灘水，只是不願對人多說罷了。

傍晚和淸晨不同。淸晨是光明的，緊張的，一天的工作才開始，心情不能不汲汲遑遑，懷着種種的打算；傍晚是黯淡的，輕鬆的，一天的工作已完畢，心頭自然會頹然嗒然，洋溢着閒情逸致。我所以喜歡傍晚，這是理由之一。

在時間的急流裏溯洄一下，……我曾經度過多少富於詩意的黃昏啊。

一個星期日的下午，天氣雖然是那麼溫和佳妙，我的心境却不很好，因爲明天又要回到學校，得住在宿舍裏一個星期，星期六下午才能請假回家。我這時感到家裏特別溫暖，値得留戀，正像一個同學所說的：「就是沒事坐着，也會覺得異樣舒服的！」可是太陽漸漸地偏西了，沒法用長繩子拉住，幸福的時間逝去得多快！忽然我在破書櫥裏找到了一本舊小說，翻看了幾頁，我完全被它迷住了，我聚精會神看着，忘掉了一切的憂愁，甚至於忘掉了自己。天色漸漸昏暗下來，我還坐在屋簷下的石階上，看着蒼蠅脚般的細字，不肯把它放下來。

「傻孩子，天已昏黑了，你還在看小說，不怕看瞎了眼睛嗎？」母親在屋裏喊着。

我毫不理會母親的話，仍舊拿着小說在看，不過時時把眼睛移近小說，最後小說上的細字成爲一片模糊，實在辨認不出來了，這時候却看見屋裏已經點了燈，連忙拿了小說跑到燈下，繼續看着，幾乎要把那本小說吞下了去似的。

「眞是執拗的孩子！」我依稀地聽到母親在駡着。「……小說是『閒書』，看得這樣入迷……『正經書』如果能這樣專心讀就好了！……」

一家人都在吃晚飯了，我雖然一手拿起筷子，一邊吃飯，另一隻手還是拿着那本小說，一邊在看。……

……外面颳着不大的風，「早西晚東」，因爲在傍晚，所以平常總是吹東風。遇到這樣的天氣，我一回到家，就馬上拿下掛在壁上的紙鳶和一捲麻線，向屋西的田野裏跑。鄰家的一個孩子，名叫文謨，他常常做我的助手，聽從我的指揮。

俗語常說：「正月燈，二月鳶。」放紙鳶的時節，似乎應該是在春天。可是在我的家鄉，放紙鳶却多半在秋天，因爲春天多雨，很少有機會放，而且春風微弱，不能放大的紙鳶，只能放小的如美人、蝴蝶之類的紙鳶。我常玩的紙鳶只有兩種：一種是雙顆印紙鳶，另一種是瓦片紙鳶，

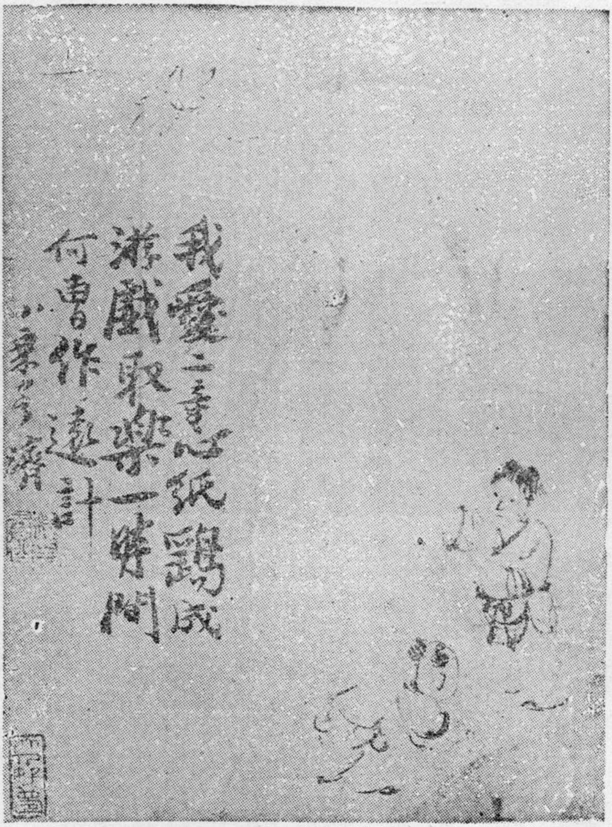
我愛兒童心紙鷂成
游戲取樂一時間
何曾作遠計

# 郊野

在回憶的大海裏，倘若找到一點點漂流的小東西，那麼就可從這一點東西而找到許多別的東西，雖然這些也仍然渺小不足道，但是從個人的有涯的生命看起來，却會覺得足以紀念的。

從小便生長在鄉村裏，因此我特別愛好郊野。

東面是海，但非登上山却望不到這海；西面是山，也得走了三四里路才達山麓。一片廣大的田野，中間如帶似的交織着小小的河流，河水雖然沒有像溪水那麼澄澈，但是很平靜，小船在上面浮着，沒有「順流」「逆流」的分別，（因爲河水常是靜止的，）這些小船可眞是唯一的非常便利的交通工具。

這一片田野的景色，曾經在我進入初中時期給我多少的慰藉，多少的快樂啊。學校在城裏，距離我家大約有九里路光景。因爲沒錢在校裏寄宿，城裏又沒有適宜的親戚家可以寄住，所以我寧願做一個住在鄉下的「通學生」。約有一年之久，每天早晨從鄉下走到城中的學校，下午四五點鐘放了學，又趕着路走囘家。這種生活，在旁人看起來，以爲很辛苦，我自己却也不覺得怎樣，而且反而覺得自由，愉快。

祖母對我最關心，每天淸早六點多鐘，她就會輕輕地到我的床前把我叫醒。——願她老人家永遠康健，自從我離開家，已經十年，她現在已是八十多歲過了「中壽」的人了，據說常常以我的名字叫我的孩子，因爲在她的腦筋裏，我實在還是一個小孩子啊。——匆匆地洗臉喫飯，我立刻就出發。潔淨的石子路，在田間蜿蜒着。走完一大片田野，便是一道石橋，名叫「貿富橋」，其實却並不怎樣「穩當」的，因爲它旣高峻，兩旁又沒有欄杆，雨天走過這橋是很危險的。就因爲有了這橋的緣故，使得祖父非常擔心，甚至有時反對我每天這樣地走遠路，要設法把我寄宿在城裏的親戚家中。有時在雨天，天黑了還不見我歸來，祖父就要登上那座屹立着的「得月樓」眺望我已否走過了那座石橋。有一囘，下着微雨，我在黃昏時分，囘家的途中爬上那座石橋。上去還容易，可是下去眞難，石板是那麼滑，我一跨步，就一直滑向下面去了。幸虧滑得正，身體剛剛滑落在橋尾的石級上；要是稍微偏了一點的話，就無疑地會滑到河裏去了。路旁有個農夫，看見這情形，不禁喊了一聲：

「危險啊！」

這聲音，就在二三十年後的現在，還是很清晰地在我的耳朶裏響着。

過了石橋，算是走了一半的路。再過去，河中央有個小洲，種植着蓊鬱的樹木，樹木的稀疏處露出文昌閣的紅牆。

早晨，在走向學校的途中，我是少有閒情逸致來賞玩風景的。只記得在刮着刀也似的西北風的冬天早上，我常跟在挑柴的漢子後面，藉着他挑着的兩大捆柴遮住迎面刮來的冷風。或者站在路旁的牆角曬幾分鐘的太陽，藉以取暖。雖然從鄉下到城裏，也有小船可坐，船費每人四個銅元；但我很少坐它，一來是每天坐兩次花的錢也不算少，二來是需要等待。還有一個原因是，船艙中坐着各式各樣的人，農人、工人、偷賣「私鹽」的裝着大肚子的婦人，……他們常會問我種種難以回答的問題，使我害臊，不愉快。因此我是厭惡坐這種小船，寧可徒步。

我的腿鍛鍊得很結實，我旣然跑得快，又能夠走遠路，可以跟得上賣鮮魚的販子。路上走着的人，有時候會以驚異的眼光看着我追過了他們。所以我到校總在八點十分以前，我是絕少遲到的。冬天，其餘的同學都瑟瑟縮縮地跑進陰森的教室裏上課時，我却覺得周身和暖，兩頰發紅，而且異常舒適，並不疲倦。我的家庭環境是注重「讀書」的，所以我有志努力向學。但我只做到形式方面，如不遲到，不缺課，但上課時却不能靜心聽講，（這一半或許和教師以及教材有關，）進步也就談不到了。如果一天不到校上課，我會覺得異常難過的，但坐在教室裏，我又總是「心不在焉」，這情形也會使我自己奇怪。

從學校回到家裏的路上，是最愉快的，尤其在星期六的下午。這種心境，一直保持到現在，我在星期六的下午，除了有意外的事件發生，我總是帶着愉快的心情的。

沿路的景色是美妙的。有時候看到的是一片水田，中間錯綜地交織着狹小的田塍，白漠漠的水田裏反映出天空中飛揚着的白雲，人在田塍上走着，不知是在天上，還是在水中呢。到了夏天，一片綠色的稻，在南風中起伏着波浪。稻花的淸香混雜着肥料的臭氣，變成怎樣奇異的氣味，怎樣地可以引起人健康的感覺呀。

秋天是最令人着迷的季節。稍微帶一點乾燥的秋風起了，在江南，並不蕭索，樹葉也不馬上紛紛地落盡了，只是一葉一葉地落着。葉子有的變黃，有的變紅，繽紛駁雜，不減春天的熱鬧。我常是一壁走着，一壁仰頭望着淸明的天空，靑碧帶紅的遠山，和山上面白雲的變幻，讓我的想像無拘無束地在馳騁着，這時候我覺得很自負，彷彿是大自然的驕子。還有傍晚的時候，那細雲襯托着新月，多麼使人沉醉！

雨中的郊野並不是沉悶的，（當然久雨是令人難耐的，）石子路被雨水洗得乾乾淨淨，草木被雨淋濕了，顯得更加綠油油的。雨點打在河上，水面浮起無數的泡沫。斜風刮着細雨從東邊吹來，打在行人的油紙傘上，發出淅淅颯颯的聲響。這些時候我會深深地體味到「風伯掃途，雨師灑道」這兩句的佳妙處。試想，比那臥在篷船裏，眼前看不見雨中的煙景，只聽到單調的「欸—乃，欸——乃」的槳聲，是如何不同呀。回到家裏，洗了脚，換上乾的衣服，然後坐在廚房裏聽着家人和鄰人的閒談。窗外瀟瀟的風雨，似乎比前更大了。有時會在風雨聲中透過來誰的關切的話：

「風雨更大了，幸虧你已經到了家！」

如果在下雪的天氣，更是令人興奮的時候。雪片打在衣服上，只須一撲，便都掉下去了。到家後，坐在竈下烘着火，入了似睡非睡的狀態，一直到家人催促就寢的聲音驚醒了我。

沿路有許多亭子，這給了行路人們無上的慰藉。我常愛坐在一座淸潔的四面沒遮攔的石亭子裏休息，似懂非懂地讀着那剝蝕了的石碑，或匾額。亭旁河上來來去去行駛着大小船隻，有載旅客的，載木柴的，載瓜果的，載盤碗的……，還有被風所阻遲到了的笨重的「夜航船」，最有趣的是載新娘新郎的花船。這些事物，都可以恢復走路的疲勞。

總有一年多，我差不多每天接近這平曠嫵媚的郊野，呼吸着淸新的空氣，流觀着迷人的景物，不管風雨寒暑，陰晴顯晦。故鄉的秀麗寧靜的郊野，它養成我的堅實的腿力，養成我的愛好自然的習慣，尤其是養成我的喫苦耐勞的精神，我將永遠，永遠保持着這些，不讓它們枯萎，消逝，繼續踏上更艱險的人生道路。

# 趕路

那是抗戰期間，我在鉛山一個中學裏當教員。那年寒假，我因爲要割治頭後面一個小瘤（這已經是第二次的手術了），跑到上饒一個公立醫院給醫生動手術，醫生說是「小手術」，不必住院，所以就住在旅館裏。動了手術後，那個據我看來是不大高明的醫生怕消毒不乾淨，不敢縫合刀口，所以天天得到醫院換藥。

這時已接近過年了，馬路上的行人的脚步比平時更匆忙了，商店裏攤子上陳列出五光十色的過年貨，兜攬生意。我這次到上饒，本來是有個同伴的，因爲年關到了，同伴先回去了，只留下我一個人在旅館裏。幸虧換了三天的藥後，醫生告訴我說：雖然刀口還未全瘉，却可以拿些藥回家自己換。我當然非常高興，準備第二天一早就回鉛山。

幾天來下着微雪，這天早晨，雪停止了，雲縫中露出沒氣力的陽光，顯示給人們雪後將會有晴朗的天氣。我跑到汽車站，想去買票，可是票子早已賣光，並且聽說連明天的車票都全部售出了。又跑到碼頭去打聽船，碼頭上冷冷清清的，據說船家要過年，船都不開了。

一大片灰暗的雲又遮住了陽光，天氣恐怕靠不住，也許還會下雪呢。而且明天就是除夕了，怎麼辦呢？假如不想在旅館裏獨自過那凄涼的大年夜，現在就得另想辦法了。可是我在上饒眞是人地生疏，最乾脆的辦法就是步行。——那麼要走就趕快出發吧。

瞧看錶，已經八點多了。從上饒到鉛山有八十多里路，中途還得翻過好幾座小山。江西的路程，每里路確比我的故鄉要長得多，這八十多里，假如照我們那裏的路程計算起來，怕有一百里路的光景。這條路我是走過一趟的，那次有兩個同伴，時間又很從容，可以走一陣歇一會。現在時間已遲，天暗以前如果走不到，必定會迷了路的，我有點猶豫。……

「不必顧慮那麼多，我得馬上動身，總比住在旅館裏過年好！」我終於作了一個決定。

遠山積着皚皚的白雪，路上的雪大部分已經融化了，有的地方結着薄冰，路旁留着斑駁的殘雪，像是倒了許多的鹽，打掃不乾淨似的。風雖然不大，卻是刺骨地寒冷。我身上穿着一件破舊的皮袍，一點也不覺得沉重。我的頭上還縛着繃帶，兩手抄在袖筒兒裏，舉步如飛，寒氣逼得我跑步，這樣可以增加身上的溫暖。

我一路上把旅館裏的無聊淒涼的生活和家中的熱鬧過年的情景作一個對比：我想像在那家旅館的樓上，昏暗的電燈光照着汚穢剝落的牆壁，那上面歪歪斜斜地題着字跡潦草的「打油詩」；客人大多數回家了，許多房間空着，只讓老鼠在裏面追逐；外面傳來斷斷續續的鞭炮聲，加濃了旅人的寂寞。………另外一個地方，一座古老深邃的屋子裏，桌上擺滿雞、鴨、魚、肉、年糕：……，熱氣騰騰的，蠟燭光跳躍着，一家人團坐在桌子旁邊，舉起杯來喝「分歲」酒。………這些幻想支持着我的腿力，使得我不知疲倦。

上坡又下坡，我拔脚奔跑，還得時時留心脚底下，只怕一跤摔倒，因爲路上有冰雪，特別滑。

中午的時候，在路邊一家小店停下來，喫一碗麵，這時路程已經走了一半多了。

一個挑着擔子的農人走進小店裏歇息。

「喂，老表，」小店的老闆向那農人招呼說：「你是從城裏買了過年貨回來的吧？」

「對啊！」那農人回答，黧黑的臉上露出了親切的笑容。「一年到頭，辛辛苦苦，總得買點東西過過年，喫喝個痛快！」

「誰都想痛痛快快地過年啊！」我不禁自言自語着。

喫完了麵，不敢多休息，我又繼續趕路。
最後一個山坡最難爬，我覺得兩條腿漸漸地沉重起來，脚步已經有點蹣跚了。午後四點鐘光景，我終於拖着疲乏而暖和的脚，踏上了鉛山北門外那座兩旁長着蒼苔的大橋，當我聽到橋下潺潺的水聲的時候，我是多麼快活呀！
「啊，我們正在想念你！」我一進家門，妻就向我笑着說：「你是不是坐汽車回來的？」
「哪裏會有辦法買得到汽車票呢？」我答說，一面把身子投到一把躺椅裏。「我是走路回來的，七個多鐘頭，走了八十多里的路，沒有休息，……你相信不相信？」
「在你說來，這眞是破天荒了！」
我忽然想到：在人生的旅途上，不也是有着同樣的情形嗎？假如你要在天黑（生命終結）以前走到你想到達的地點，就非急急忙忙地趕路不可。
我最好時時記起：——自己是在趕路！

# 早起

四月間一個溫暖的拂曉，我特別早就起來了，坐在窗前，睡意還未完全消去。灰白色的霧籠罩了一切，沒有風，太陽即使昇上來也是看不見，空氣潮濕芬芳，似乎帶着使萬物蘇生的力量。

許多許多年來，我已經養成遲睡遲起的習慣，日出的景象，在我簡直是非常陌生的。今天早上因爲有要事，天剛有點亮就不得不起來了。睡眠不够，眼睛覺得乾燥。這使我想起小時候早起上學前的情景，我彷彿又聽到頭髮雪白的祖母對我說話：（這些話是我以前在廚房裏常常聽她說的。）

「孩子，你不是曾經去過仙岩旅行嗎？那裏有一塊『流米岩』，你看見過嗎？──好，我現在就說這個故事給你聽：

「從前這座山上住着一個和尚，他是德行高超的『聖僧』。他熱心地幫助窮人，普渡衆生。在他所住的寺院旁邊，有一塊岩石，高約三尺，岩石頂端有個小洞，天天流出米來。那和尚天天拿木桶去接米，接了來就去救濟飢餓的人們。這就是那塊岩石所以叫做『流米岩』的來歷。

「後來這個『聖僧』走了，來了一個貪婪的和尚。他把『流米岩』接來的米，全部儲藏起來，偷偷地賣出去，一點也不肯布施給窮人，從此『流米岩』的洞口塞住了，不再流出一粒米來了。

「古語說得不錯：『既以與人，己則愈多。』肯熱心幫助人家的，自己準會得到許多的安慰或者快樂，到處會有『流米岩』出現啊！」

「……孩子，自私自利的人是最可憐的。」她的慈悲親切的語聲繼續在響着。「我知道有一個守財奴，他擁有無數的錢財和田地，却沒有小孩子。他確是非常吝嗇，因此沒有朋友，親戚也很少跟他往來。他覺得住在一座大房子裏太寂寞了，於是鑄了三個金人陪伴他。中秋晚上，他叫僕人把三個金人扛到院子裏，陪他喝酒賞月。忽然刮着大風，烏雲遮住了月亮，下起大雨來。左右鄰家也在賞月，他們的孩子都連忙幫着擡桌子，搬椅子，一下子就搬好了；守財奴家的金人却一步也不能移動，你想可憐不可憐？

「有一天，一個叫化子向他討錢，他偶然動了憐憫的心，走到屋裏慷慨地抓了一大把的錢，打算給叫化子；從屋裏向門口走，心裏又覺得捨不得，一路上連連減少，把錢一個個往口袋裏放，走到大門口的時候，手裏只剩下一個銅錢，遞給那叫化子，還囑咐他說：『好好地用，別浪費，也別告訴他人。』你想可笑不可笑？……可是守財奴死掉的時候，不過握着一雙空拳！」

祖母這些平凡的老話兒，我相信到現在還是有價值的。她老人家自己是能說能做，可是我，一個過去曾經被她看作有出息的孩子，究竟能夠把她的話做到幾分之幾呢？在靜寂的早晨（除了鳥聲外，沒有別的喧鬧），我想起了這種種，心裏不禁覺得慚愧，同時也覺得應該從此更加努力於損己利人的事情。……

家人催促我喫早點，打斷了我的又甜蜜又苦澀的沈思。

# 溫暖

你舊日的生活會爲你再放光輝，帶着牠的春天的優雅和力量，和一切的新綠，還有那一切的芬芳。

——屠格涅夫散文詩

好像是在冬天的晚上，外面刮着風，風搖動着窗外的紫竹，簌簌地作響。我睡在床上，滿頭銀白頭髮的祖母坐在燈下桌邊，手拿着念珠，她在低低地唸着「阿彌陀佛」。

「床是『思量亭』。」祖母忽然停止了唸「阿彌陀佛」，對我說。「這是一句俗語，在我很小很小的時候，就常常聽我的長輩說的。你睡在你的床上，在你睡着以前，或者睡醒以後，你得左思右想啊，把白天裏的事情仔細想想。平時想不到，想不通的事，這時候就能想得到，想得通了。」

這時有誰進來了，打斷了祖母的話頭兒，並且說外面已經飄起雪花來了。這使我想像着一片銀白的世界：從樓上窗口看出去，院子裏的樹木，房屋的瓦上，還有道路，板橋，田野，遠山等等，都鋪上了一層像鹽似的潔白的雪，多麼有趣啊。我們可以在雪地裏追逐，打滾，塑雪人，擲雪球，一直玩到紅紅的太陽從雲裏出來，融化了那些明豔潔白的雪。……

「人有兩類，任你選擇：」祖母的慈愛的聲音把我從幻想中驚醒，「一類是從小努力，上進，老來享福安樂；另一類是從小貪喫，懶做，老來勞碌喫苦。你仔細想想，你將來願意做那一類的人呢？」

我睡在厚重的棉被裏，一半朦朧着，聽着窗外呼呼的寒風聲，覺得被窩裏非常溫暖。我憧憬着自己的將來，一帆風順，燦爛光明無比，……我彷彿看見桌子上的煤油燈越來越亮，帶着藍色的火燄照澈了整個的屋子，光芒奪目。

這一切像是那麼近，又像是那麼遠。幾十年的時間，由一個人自己看起來不算不長久，但從另一個角度看來，又是那麼短促，那麼奄忽！

祖母的教訓，給了我的心靈無限的溫暖。世故的寒風，消不掉這潛藏在心頭深處的溫暖。憑着這溫暖，才覺得前途有光明，在崎嶇的人生道路上走，不會覺得畏怯和疲倦。

# 急就章

## 一　苦難會使人勇敢

家人在整理箱子，找出一條破舊的花被出，要把牠丟掉。牠是用兩幅洋布做成的，黑地白花，顏色已經黯淡了，而且破了兩個大洞。我拿着牠看了許久，說：

「留着吧，這是我們在抗戰時候的紀念品哩。」

眞快，十多年以前的事情，彷彿還像昨天似的。那是抗日戰爭末尾期間，我們從江西鉛山撤退到福建。我和成君都帶着家眷走，大大小小一共十口。

我們從鉛山走到光澤，又從光澤走到邵武，得翻越過好幾重崎嶇高峻的山嶺。時間是夏天，那天清晨剛離開可愛古老的鉛山小城，敵機就在城上盤旋着轟炸了。

每當我們在患難中，常會覺得景物特別美妙，一草一木都使人留戀不捨。我在這次辛苦的旅途中，也有這樣的感覺。我們的行李僱人挑，自己撐着陽傘，背着小孩，在烈日下面跑路。我的太太就用這條被單把一歲多的孩子捆在背上，喘着氣爬上幾千級的「雲際關」。有時候她背不動了，就由我抱着，我們兩個人輪流撐着傘。

「你這樣抱着不行，還是讓我背吧。」太太看我落在後面了，又把孩子搶去，縛在她的背上，微微彎曲着身體向山頂爬。

翻過了「雲際關」，是下坡路，省力多了，就有閒情逸致來欣賞風景。這時我們是沿着一條溪走，溪水非常澄清，滔滔汩汩地向前面流去。深的地方水是碧綠色，看不見水底白色的石子，使人引起一種陰涼的感覺；遇到灘，水流轉急，發出潺潺的聲響來。溪邊生着許多的竹子、雜樹、野草、野花，微風吹來，葉子、花朶擺動着，好像向過路的客人打招呼。偶然可以聽到啁啾的鳥聲，因爲水聲風聲太鬧了，所以不是時常能夠聽得到的。

「你看，」我向成君叫道，「這山谷多麼幽美呀！假如在平時，我能夠常常到這一帶散步，眞是不錯啊！」

「在太平的時候，像你這樣怕走路的人，怎麼會到這個偏僻的山裏來呢？」成君笑着回答，他的面孔已經被太陽曬紅了，笑起來的樣子很滑稽，引得大家一齊笑了。

本來我在飯後跑路，就會覺得胃痛，現在要趕路，哪裏還有休息的時間呢？一喫完飯，馬上得動身，可是胃却沒有痛。我一向怕流汗，夏天不敢多走路，現在不怕流汗，汗流多了，口渴就喝冷茶，有時候還喝冰冷的溪水。「一個人可貴可賤！」我不禁記起長輩的話。

我們身上所帶的錢越用越少，我們的行李也只得漸漸地減少，賣的賣了，丟的丟了，最後只留下小小的鋪蓋，和幾隻破箱了，可是我的幾本破書却始終捨不得丟掉。成君對我取笑說：「這是飯碗呀，丟不得！」我苦笑了一下，點點頭承認他的話不錯。

有一次，我們在荒山中一個破廟裏過夜。大門破了，關不住，我們一躺下就睡熟，也不怕有什麼野獸來。又有一次，遇到大雷雨，幸虧找到了一個人家借宿。下了整夜的大雨，溪水高漲，差一點淹沒了房子。第二天雨停了，買了一些猪肉，炒鹹菜下飯，喫得眞有味。我喫得太快了，把一顆臼齒嚼壞了一小半，從此就老是牙齒痛，兩年後終於將牠拔掉。

我們在邵武的一家旅館裏發生了一件不幸的事。成君的一個兩歲多的男孩子，給一鍋稀飯燙傷了。成君抱着高聲哭喊着的孩子，我陪他東奔西跑去找醫院。孩子的肚子以下被燙了一大片，起了泡，有幾處皮破了，血肉模糊，眞是悽慘。可憐的孩子，手裏還緊握着一塊餅乾不放哩。後來傷口雖然慢慢地醫治痊癒了，但是過了兩三個月這孩子終竟死了。

從邵武坐船，順流而下，一直到南平。一上碼頭，困難又來了，家家旅館都客滿，城市裏的店鋪，又不像淳樸的鄉村人家，肯讓我們歇宿一夜。這時已經是傍晚，雷聲隆隆地響着，立刻就要下大雨了。碼頭的地形低，如果不早點躲避，等到街上的積水一沖下來，行李和人都會被水冲去了。怎麼辦呢？成君比我更著急，我除了裝作鎮定外，也毫無辦法。我坐在行李堆上，茫然沉思着。

「喂，老鄉，你們從哪兒來的？」擡頭一看，是一個船夫向我們探問。

這個船夫因爲聽到我們的家鄉口音，知道我們是同鄉，很同情我們，就讓我們暫時搬到他的空船上歇宿。……

我手裏拿着的褪了色的花被面彷彿突然鮮明起來，一朵朵的白花都放出奪目的光芒。

「苦難會使人更加勇敢啊！」我聽到一個洪亮低濁的聲音在說着。

## 二　慷慨的人

他自命爲「慷慨」的人。他喜歡對人這樣說：

「好，好，絕對沒有問題！」

人家無論向他有什麼要求或請託，他總是笑嘻嘻地給人滿意的答覆，並且加上那麼乾脆的口頭語：「絕對沒有問題！」因此人家對他的初次的印象都很好，覺得他是那麼熱誠，富於同情心。

他時常批評某人太自私，諷刺某人太小氣。他說自己是樂於幫人家忙，慷慨好義，不惜犧牲。他笑那些一毛不拔的守財奴，斤斤較量的吝嗇鬼，他們眞是要活兩世的呢。

可是，他的慷慨的諾言會不會兌現的呢？這，他用不着管，也不必管。反正不論他能否實現他的諾言，光是他的熱誠已經够偉大了。他生性豪爽不羈，話說出去根本不負什麼責任，事情過去也就算了，他的態度是「今朝有酒今朝醉」，直捷了當，決不婆婆媽媽，拖泥帶水的。

總之，他對一切都不在乎，他自認他的心地是非常光明純潔，卽使有對不起人的地方，也不是故意的。這就是他的長處，應該受人們的尊敬的。

例如，他和朋友出去玩，上館子喫點心，他的袋裏雖然只有一點點的錢，（他從來不會有太多的錢的，有時候連一毛錢也沒有，自然是因他太慷慨了的緣故。）却也搶着要會鈔。假如眞地讓他會鈔，而他的錢又不够付賬時，那麼只得向朋友借。他說：

「明天就還你！」

他所說的「明天」是無盡期的，永遠有個「明天」。

誰要是不肯借錢給他，準保這個人會被戴上「小氣鬼」的帽子。他有資格批評人家，因爲他是一個「慷慨」的人呀。

他常常對人重複地說這個故事：

「有一個富翁，動手術後需要輸血。一個愛錢不愛命的人血型剛剛和他相同，願意輸血給他，但是要求很高的代價，那個富翁自然是答應的了。可是等到輸完了血，那富翁却不肯付錢了，你猜這是什麼緣故呢？哈哈！因爲那富翁的血管裏已經有了守財奴的血液了！」

他以爲自己的諷刺話淋漓盡致，自鳴得意，因此眼睛擡得更高，笑聲更響亮了。他笑世界上的笨伯太多了，老實說，他的成功的祕訣就是「惠而不費」。

我覺得這種冒牌的「慷慨」的人比吝嗇的人更壞，而且更可惡。我詛咒這些僞君子，很想拿下他們的假面具。

# 中年

昔聞長者言，掩耳每不喜；奈何五十年，忽已親此事。

——陶淵明：雜詩

中年，是使人苦悶，彷徨的時期。過去的日子，飛逝得那麼快，說是生命過去了一半；可是誰能夠知道什麼時候是眞正的一半呢？一個人活到七十、八十，那麼三十五、四十歲才算是中年，而活到七十、八十歲的人究竟有幾個呢？所以名稱上叫做中年的人，實際上有許多已經靠近生命的邊緣了。過去的只剩下一點回憶，未來的渺茫無憑：一個人到了中年，就像黑夜裏乘渡船，只覺得離開這邊的埠頭漸漸遠了，慢慢地接近那邊的埠頭；什麼時候是渡一半呢？誰也不會準確地知道。直等聽到船頭靠攏對岸的埠頭響聲兒，那時候才知道眞正地結束了人生的旅程。

我在這隻渡船裏已經有大段時間了，離開出發的埠頭已相當遠了，我自然願意在裏面多歇一會兒，多看看船裏的形形色色，多聽聽同渡人的談天說地；可是我實在沒有一點兒把握呀。我對於這過去了的一段航程，有許多感想，我覺得牠是那麼短，那麼近；又是那麼遠，那麼長！有許多人和事使我懷念，留戀，因此我常常想起上面所引的大詩人陶淵明的這幾句詩，——他說出了我的懊悔沉痛的心情，我現在眞想把我這些感想對我所懷念的「長者」傾訴一番啊。

「你不妨把我的勸告細細地想一下，免得將來懊悔！」

……………

「一個人到了四十五十歲才知道痛改前非，豈不是太遲了嗎？」

這些話又時常在我的耳朶邊響着，牠刺痛我的心，使我戰慄，也使我振作。

「人老心不老」，「不知老之將至」，從事業方面來看，固然有益，可是從壞處來看，是自己哄騙自己，是「掩耳盜鈴」。我現在才了解許多中年人老年人的鎭定，「倚老賣老」，也許只是屬於表面上的。少年人往往想裝「老成」，「老氣橫秋」，表示自己有風度，能辦事；可是中年以上的人却想裝成「少壯派」，刮光鬍子，穿上短褲子，染黑白頭髮，鑲補掉了的牙齒，走路爬山都不肯落後，連吃飯也要保持着少年時候的飯量；人家在路上碰見你，說：

「啊，你近來身體多好哇，越來越年靑啦！」

聽到這話，多開心！第一次聽見人家叫你「老頭子」或者「老先生」的時候，心裏多麼難受啊！

蘇東坡四十歲出頭一點兒，作詩就說：

「黃雞催曉不須愁，
　老盡世人非我獨。」

這位天才作家雖然還算曠達，能夠自解，但是對於衰老的關懷，和「無可奈何」的心境，也明顯地透露出來了。

回憶難免使人感傷，空虛；可是感傷空虛之餘，也能夠轉爲發憤，積極。在進入老年時期，在雙脚踏入黑暗的墳墓以前，還有一段短促的時機，供你利用，你假如努力得當，你的一生還不算虛度。

懶惰是人們的通病，我也免不了犯這個毛病。從很小的時候起，常常把珍貴的時光糊裏糊塗地混過去了。冬天，愛靠在廚房裏的竹椅上幻想，或者坐在竈下烘火；夏天，愛躺在河邊大樹蔭下石凳上乘涼，拿蒲葵扇拍拍蚊子，又喜歡跟那些不能互相了解的人們聊天，對自己絲毫不懂的問題作無謂的辯論，甚至於跟人家吵嘴。記得有一回，初次和一個人見面時，就爲了一個小小問題爭辯不休，兩個人都面紅耳赤，各不相讓，結果幾乎要打起架來。從此兩人見面不開口，好像陌生人一樣，直到數年以後，才「言歸於好」。總之：我遊蕩的時間，超過工作的時間無數倍，做的事太少了，說的話太多了。

回頭來看看我周圍的人們吧：有的從早到晚，拿着掃帚和雞毛撣子，從樓上到樓下，一間一間地打掃着，有的整天在廚房裏燒菜煮飯，在河邊洗滌衣裳；有的整天拿着書本兒，看着，念着；有的整晚伏在桌子旁，寫着，改着。……我當時對這些人的孜孜不倦的精神並不理會，並不會表示敬意；現在想起來，眞是非常愚蠢，非常可惜！

在人海中混了幾十年，眞是太馬虎了。翻翻許多年來自己所寫的日記，有時使自己驚心，有時使自己苦笑。孤獨給了人反省的機會，利用「回光返照」的力量，發憤一番，也許還會有些微的收穫吧。

現在我是獨自坐在一間不大而空洞的屋裏，寫這篇空疏而澀滯的短文。窗外是灰色的寒冬的天空，被樹木的杈枝和低矮的屋簷遮住，只露出幾個角，顯得沉默嚴肅。好像還要下雨，而又不下；可是也沒有晴朗的希望。雖然還是午後五點鐘光景，暮色已漸漸濃厚起來，屋裏越來越暗了。屋簷上面鳥雀在呼噪着，隔壁小孩子們在吵鬧着，有點使人煩躁，但也覺得充滿着生命力。我扭開電燈，繼續寫這篇文章的結尾。我謹以極眞摯的心，把我這些雜亂的感想呈獻給人間世氣味相投的朋友們，認識的或不認識的，現在的或未來的。

# 痛思

貝多芬的母親去世了，他寫信告訴朋友說：「當我叫着親愛的母親而她能聽見的時候，誰又比我更幸福呢？」歸有光在先妣事略的結尾說：「世乃有無母之人，天乎痛哉！」善感的樂聖和文豪都說出這樣至情動人的話，「人同此心」，眞是一點也不錯。

世上最關心憐惜我的人，莫過於我的母親；而在我的一生裏，永遠不能忘懷的，也只有她。

託爾斯泰在「幼年少年青年」前面一篇「致讀者」裏有一段很精警的話：

「我們可以從理智裏去寫，或者從情感裏去寫。當你從理智裏去寫的時候，文字會順從流利地落在紙上；但當你從情感裏去寫的時候，有那麼多的思想湧進你的腦子，那麼多的意象湧進你的想像，那麼多的憶念湧進你的心，以致字句不精確，不充分，不順從，粗糙。這也許是我的錯誤，當我着手從理智裏去寫時，我總是忽又制止自己，並且試圖只從情感裏去寫。……」

同樣的，每當我憶起有關母親的往事，我的心緒就非常紛亂，百感交集，不知怎樣下筆。歌德說他創作時獲得眞正的樂趣，我自愧不能達到這樣的境界，尤其是寫這篇短文的時候，我只能用笨拙的筆，雜敍這些紛至沓來的片段。

五歲那年的年底，我的父親在日本去世了。靈柩運到埠頭的時候，我和哥哥穿着麻衣去接靈柩，只聽得背後有一個女人的聲音，說：「啊，孩子還這樣小！」不知怎樣，這句話竟在我的小小的心靈裏留下了經久不消褪的印象。母親當時的惡劣心境，幼小的我沒法了解，她在貧困的環境裏，得撫養我們兄弟姐妹四個人，就這樣應是够辛苦的了。

她的個子不高，微微發胖，身體不算結實，但是很能够喫苦。她受過短時期的教育，能看小說，念經。自從守了寡以後，她就信奉佛教，早上喫素念經。

寒冷的冬天晚上，我睡在被窩裏，聽着母親誦讀小說，她坐在對面的被窩裏，身子斜靠着。她向來有邊看邊唸的習慣，有時候還加以說明補充，這樣對我是一種愉快的享受，我後來對文學發生濃厚的興趣，跟聽她誦讀小說很有關係。她看的是些什麼小說呢？我現在已經記不大淸楚了，大約是西遊記、封神傳、三國演義、征東、征西一類的小說。

等到我自己能够看小說的時候，她已不再看小說了，常常戴着老花眼鏡低誦佛經，或者有關於佛學的冊子。她好幾次告訴我說：

「一切人世的歡樂富貴，都是空洞虛幻的，跟小說裏的人物事情一樣，不過是鏡花水月！酒不醉人人自醉，色不迷人人自迷，那好色的人自被美色所迷，其實看破了，知道色即是空，就不會受迷了。……生老病死，平凡的人都難逃過這個關頭。」

我家西邊有一間小廳堂，是我們喫飯或看書寫字的地方。屋頂有一扇天窗，嵌着玻璃，所以光線比較好，大家都喜歡聚集在這兒。大窗裝了玻璃，有利也就有弊，當颶風來襲時，被風颳來的瓦片把玻璃打碎，廳堂裏就漏着雨水，變成了澤國，屋頂太高了，一時沒法爬上去用木板封釘住。裏面的陳設很簡單，一張方桌子，擺在天窗下面，幾條板櫈，放在桌子旁邊。靠壁放着一兩把古老的木椅子，烏黑色，後邊的椅脚有點壞了，它的年齡自然比我大許多倍。廳堂上邊掛着財神的小神龕，貼着紅紙金字：「招財進寶」。在這個小天地裏，我曾經跟着慈母過了許多幸福平靜的日子。有一天，她正盛飯給我喫，忽然桌子板壁震動了，屋頂間發出咭咭吱吱的響聲，懸掛在天窗下面的竹籃子不住地搖動，我差一點要從板櫈上跌下去了，幸虧母親扶住了我。

「地藏王菩薩轉肩了！」隔壁的四嬸向我們喊着。原來這是比較劇烈的地震，在我還是初次碰到。

母親的脾氣並不暴躁，她對什麼事情不滿意的時候，就要嘮叨不休。我只有一次挨了打，原因是我自己太蠻橫，人家都說她會把我寵壞了，所以不得不採取比較嚴厲的手段。當我生病的時候，她照顧我，眞是無微不至。那是在夏天，我害了扁桃腺炎病，發高燒。正好家裏有宴會，我不能參加。

「你別難過，」她安慰我說，「我會把那盤你最喜歡的杏仁豆腐留着，等明兒你病好了給你喫。」

許多年前一個朋友曾經對我說：他喜歡在家裏生場小病，這樣會得到家人的特別的愛護。我當時聽了以爲怪論，現在想想，覺得他的話很有點道理。

既然沒法開源，那就只好節流，這是母親的經濟算盤。一年當中，大概有三分之一的日子，她寄居在外婆家，爲的要節省開支跟糧食。上學的時候，我在祖父母那裏喫飯，放了假，我也就到外婆家去了。

那是一個荒涼的海濱小城，從我家坐小船，經過三四個鐘頭沉悶的航程才到達那兒。外婆臉上有生過凍瘡的疤痕，人却是很和氣。她給了我們許多糕餅糖果喫，不久我就感到厭倦了，我不習慣於那種靜寂枯燥的生活，尤其我不喜歡那潮了的花生米，黝黑的屋子，和那些陌生的人們。我老是吵着要回家，這使外婆跟母親都很生氣，甚至於流淚。

唯一使我喜歡的是那間寬廣的廚房，靠窗擺着一張喫飯桌，那窗櫺是非常精緻有趣，映着昏黃的燈光，可以隱約地看見隔壁的一家人在喫晚飯，那裏有和藹可親的表哥表姐，我們常隔着窗子談話，這窗子外的一切，頗吸引着我童年的好奇心。

「阿寶，別吵着要回家吧，……喃，外婆家跟自己家有什麼不同啊？」他們隔着窗櫺對我說。「阿寶」是那邊的人們特別替我取的名字，含有愛惜的意思。

那裏有一個大公公，喫長齋，信佛，在一間樓閣上隱居着。母親常到他那裏，跟他學念經，詢問教義。他是一個健康樂觀的老人，偶然也下樓來走走。母親又告訴我：自家也有一個喫長齋未出閣的姑姑，在東邊觀音樓上修行，可惜早已去世了。

離別是令人難堪的。我讀高中的時候，須寄宿在學校裏，半年才能回家。作文課老師出了一個題目，是「母親的送別」，正合着我的心事。我那篇文章頗蒙老師贊賞，只是當時那種思親的情緒，現在無論如何也補寫不出來了。

二十九年秋天，我到江西鉛山去，不料那次的離別，竟成了永訣。時局的劇變，使一切家鄉的信息都斷絕了。……

我雖然非常思念母親，可是又怕得到關於她的消息，因為我怕聽到那不幸的壞消息。終於，在前年夏天，由香港轉來我的留在大陸的兒子的一封信，說她已經逝世了，還附了一張照片，是逝世前一天拍的。我細看那照片，面孔浮腫，十多年不見面，我幾乎認不出她了，倒有點像外祖母的面容。

帶着悲痛的心情，我找出了一封她最後寄給我的遺書，寫在一張摺皺了的藍長格子的舊信紙上，墨色黯淡無光：

「我今年六十六歲，棺材已做好，是白地的，老衣未做成。我想這兩件事做好，我就放心了。宗發的鞋，我沒有力氣做，須買鞋穿。你在外保重身體爲要，免我在家掛念。母字。」

宗發是我兒子的奶名。我再三地細讀着這封遺書，覺得有無限的內疚，我這沉重的心情，可以向誰訴說呢？我只在遺書下面寫了寥寥幾句：

「先母遺書，約寄於民國三十八年，寫此書約九年後逝世，享壽七十有五。天華涕泣謹記。五十一年六月十一日。」

我小時候是個倔强頑固的孩子，沒有孝順過母親，這是我終身遺憾的事。然而她是一個皈依佛法虔誠不貳的信女，假如她知道我現在常替慈航雜誌寫稿，並且寫紀念她老人家的文字，我想她必定是萬分歡喜的呢。

# 一句話

據說從前有一個息夫人，以不說話出名的。她本來是息侯的夫人，楚王因爲聽了蔡哀侯的挑撥，說她怎樣漂亮迷人，不禁動了心，就派兵把息國滅掉，將她擄了來做自己的夫人。息夫人雖然替楚王生了兩個兒子，可是她始終不肯說一句話。後來楚王爲了要博得她的歡心，竟出兵攻打蔡國。可見「無言」的力量，遠勝喋喋多言，但是這閉口主義一般人究竟不容易學得到。

多言常常是沒有益處，甚至於有害處，醫治牠的藥方就是愼言，寡言。一句話的影響之大，無論好的或者壞的方面，有時候是說話的人所萬萬料不到的。說話只要精警妙善，不在嘮叨絮煩。

我的叔父是一個醫生。有一天，一位紳士來訪他，這個客人牙齒微露，黃而且黑，說話的時候，嘴裏有一股臭氣直撲對面的人，使人難以忍受。

叔父毫不客氣地對他說：

「先生，你每天得多刷幾次牙呀！」

這句話在一位紳士聽來眞是莫大的侮辱。他自從受了這回打擊以後，天天拚命地刷牙，幾個月後，一口又黃又黑的牙齒，漸漸變成淡黃色，乾淨而且光滑，不再發出口臭了。一天數次刷牙的習慣，他後來一直保持着。

我自己呢，有時不免喜歡說話，迂闊而無當，聽者想來是不會歡迎的，對別人的影響自然也就極微了。不過，言者無心，聽者有意，這種情形還是會碰到的。我有兩個雙生的表姐，面貌身材，一模一樣，穿的衣服又相同，我雖然常常和她們見面，還是分別不出她們兩個人哪個是老三，哪個是老四。比較容易辨認的是聲音，一個較細，一個較粗。她們倆起先在一個醫院裏當護士，後來又到上海進入產科學校。某次，我和她們聊天兒，偶然聊到她們入產科學校的動機，一個就說：

「我們進入產科學校，就是因爲你的一句話啊！」

我記不淸先開口的是她們中的哪一個。我當時很驚異：我曾經說了一句什麼話，使得她們發憤要考學校呢？我連忙向她追問，可是她怎麼也不肯說。

「還不是因爲你的一句話啊！」另外一個附和着說，她們倆不但面貌相同，連思想感情也相似。

現在想起來，我大概在閒談中有一句什麼話刺激了或者得罪了她們，因此她們才決心去升學。幸虧我這句話所生的影響是屬於好的方面的，假如是屬於壞的方面，那麼牠不是要使我這一輩子覺得疚心嗎？

在一班朋友當中，燕君算是「少年老成」的典型。他的吸引人的魔力就是沈靜少言。可是他一開口，往往對人家產生了很大的影響。他的一句話，曾經使我恢復了健康，重新獲得了人生的幸福，雖然這效果是他本人所意料不到的。

那時候我大概是十六七歲，現在已經不大記得確在哪一年了，所以只好說是「大概」，我跟着姐姐和姐夫搬住上海的近郊江灣。房子是前後樓兩間，破舊不堪，牆壁上有褐色的臭蟲在爬着。他們兩人住在前樓，我一個人住在後樓。房裏空空洞洞的，什麼桌椅都沒有，只鋪了一張床，床頭右邊有一扇小窗，窗玻璃已經打破了，窗外是一片荒地，早晚常有人蹲在草叢裏「出恭」。荒地外面是一條崎嶇狹窄的馬路，那條路不知通到什麼地方。我第一晚住在這間後樓，心裏就覺得有點害怕，可是又不好意思向姐姐姐夫說自己膽小，只得硬着頭皮忍受着。剛剛關了電燈睡下，就聽到外面一陣「哎——呵，哎——呵」的聲音，把頭伸到窗口一看，從昏黃的路燈光下，看見幾個人擡了一口棺材，這棺材是用幾片木板草草地釘成，未加油漆的。那時正是夏天，霍亂病盛行，附近的馬路邊也曾看見停放着這種棺材，蒼蠅在板縫裏爬進爬出，臭氣撲鼻。我當時看見了這被人擡着的棺材，只覺得毛骨悚然，連忙躺到床上去了。那一夜裏，這「哎——呵，哎——呵」的聲音竟接連不停，我心裏想：「怎麼會死了這許多的人呢？」以後每夜都聽到這「哎——呵，哎——呵」的呻呼，好像永遠不會停止似的，從此我就得了失眠病。——幾個月後我才知道這聲音是從擡木材的工人嘴裏發出的，我所看見的擡棺材不過只是偶然的事。但是我的失眠病已經漸漸地加重，就是知道了這眞相也沒用了。

沒有嘗過失眠的苦頭的人絕對不能領會酣睡的甜蜜，古人所謂「黑甜鄉」，眞是形容得巧妙不過。我住在這個空洞破陋的後樓三四個月，除了因失眠帶來的焦灼、恐懼、煩悶、忿恨……以外，簡直沒有什麼樂趣可言。我渴望着睡眠，我需要熟睡一場，於是我離開了這可詛咒的魔窟，回到寧靜的故鄉。

我的家在一個離城八九里的鄉村裏，臨河矗立着一座老屋，屋旁有許多青翠的雜樹：如樟樹、樸樹、榕樹等，綠陰遮住了半個院子。家境雖然困難，可是有慈祥的母親，白髮的祖母，給了我無限的安慰，溫暖。在這裏我得聲明：這寧靜幸福的環境是我在以後回憶起來的印象，當時我正和失眠的惡魔搏鬬，哪裏會有閒情逸致來領略這恬靜的生活呢？

我的筆或者舌頭都沒法恰當地描述失眠時的痛苦，只有夜裏在床上翻來覆去的人才會了解這心境。晚上很早就覺得疲倦，想要睡，可是躺下去剛要睡着的時候，忽然一下子驚醒了，就這樣到天亮再也不能舒舒服服地睡一會兒，只是在半醒半睡的朧朦狀態當中。記得英國詩人華滋華斯(Wordsworth)有一首不眠詩，開頭幾句的大意是這樣：

一羣綿羊慢慢地走過，向那邊；
淅瀝的雨聲，嗡嗡的蜜蜂；
奔流着的河，大海和疾風，
廣闊的平原，汪洋的白水，無雲的靑天：
這些我都已一一想過，
然而還是睡不着！

我在失眠的夜裏，常常想到這首詩，我心裏把綿羊、蜜蜂、雨聲、河流、海風、平原、白水、靑天……等等反覆想了多少遍，我又數着數目，從一數到一千……一萬，但都是徒然。我老在想：從「醒」到「睡」是要經過怎樣的階段呢？我又想：王實甫一定是嘗過失眠的滋味的，不然，他怎麼能够寫得出「一萬聲長吁短歎，五千遍搗枕搥床」那樣刻畫入微的句子呢？失眠時焦急的心情，眞想把枕頭撕破，把床搥碎呢！

有一次，家裏來了女客，她們在切切察察地談了整夜，害得我一夜沒有合眼。夏夜又熱，我在床上躺得不耐煩了，索性起來在院子裏兜圈子，一直兜到天亮。又有一次，夜裏聽到貓在屋簷下叫個不停，我氣極了，拿了竹竿想趕走牠，黑暗裏竟戳死了一隻跟在老貓後面的小貓。第二天早上發覺這件「誤殺」，我的心裏又多麼難受！

夜裏睡不着，白天就腰酸背痛，眼花頭暈，恍恍惚惚，顚顚倒倒。不但不能看書，就是出去玩也沒勁兒。給醫生診治，也不過說：少用心，多運動，散散步。我的大哥就是患神經衰弱，失眠，每天打針喫藥，一點兒也不見效，我自然不必再白受打針的痛苦，況且又哪裏有這筆錢來買藥呢？

我的失眠繼續了一年多。一天，碰見了我最佩服的燕君。

「你看我的失眠會不會好呢？」我劈頭就問。

「以你的性格來說，恐怕一輩子不會好的吧。」燕君回答說，微微地笑着。

這話眞像一桶冷水澆在我的頭上，「一輩子不會好！」那麼我的一生豈不是就完了嗎？我灰心到了極點。可是那晚我竟睡得很熟。我覺得自己已經是沒有一點希望的人了，所以再也不焦灼，再也不擔心失眠，好像東坡所說：「由是如挂鉤之魚，忽得解脫。」從此，我的失眠病却霍然而愈了。

一句善良適當的話，往往勝過絮聒厭煩的千言萬語。多言的人們（連我自己在內），應該知道有所警惕吧、

# 窮

窮是最被人們討厭的。所以韓文公有「送窮文」，揚子雲有「逐貧賦」，都是對「窮鬼」口誅筆伐，想要趕走牠。可是「窮鬼」的「魔力」眞不小，韓文公雖然有「文起八代之衰」的筆力，也沒法趕走牠，他在「送窮文」的結尾只好向牠屈服，說：主人終於垂頭喪氣，舉手道謝，請「窮鬼」坐在上座。揚子雲的「逐貧賦」，是韓文公這篇「送窮文」的「藍本」，結尾自然也差不多，說：貧就此不去了，跟他一同遊戲一同休息。

在這裏我得聲明一下：我寫這篇文章的用意，旣不想送窮，也不敢留窮，只因爲我也常常跟這位先生打交道，與來信筆亂扯，雖然不一定能夠談得風趣橫生，可也總不至於說出外行話來吧。

中國的文人當中，寫窮寫得最好的，自然要推陶淵明。在他的詩文裏，提到窮眞多，而且這些詩文都是「上品」。他因爲窮，難免常聽他的太太的囉唆話，鄰居們的冷嘲熱諷。這些還可以不瞅不睬，只是飢餓跟疾病的威脅可眞受不了。肚子空了，有什麼辦法呢？這位偉大的詩人的偉大處就在說老實話，說平常的話。不淸高，不擺臭架子，只是老老實實地向人家討點東西來喫。他的有名的「乞食」詩寫飢餓時要向人討東西果腹，敲了人家的門，主人出來了，卻又遲遲疑疑期期艾艾說不出話。這種心理描寫，非身歷其境的人絕對是寫不出來的；同時，沒有挨過餓的人也不容易眞正地領略這詩的佳處的。

且來說一點我自己的經驗吧。二十多年前，我還是一個小夥子，跑到上海讀書。有一次，窮得沒有飯喫，比較熟識的幾個朋友都窮，借不到錢，有一點錢的人，又沒有交情，不見得肯借給我錢。箱子裏自然沒有可以當的東西了，——並不是當光了，而是根本沒東西有資格可以拿去當的。那時在上海，常常有些窮靑年，餓得受不了，獨自躺在床板上啜泣。這些事我曾經聽到過，可是我自己卻不願意這樣做。那天早上，我空着肚子，拿了一本書，跑到某大學的校園裏。記得那時正是春天，天氣特別好。我在樹陰下一把椅子上坐着。四圍開遍了花，蜜蜂在頭上嗡嗡地鬧着。我心裏有點糊塗。我想：周圍的景物是這樣的美妙，可是我偏偏受到飢餓的莫大威脅！人們在憂患當中，常常會感到周圍的景物特別美妙的。我沒心欣賞美妙的景物，我翻開帶去的書在看着，我簡直沒有什麼打算。我除了向母親和哥哥要錢外，再也沒有別的辦法；可是家裏沒有一個錢，我是知道的，寫信或打電報去催都沒用，不過徒然增加母親的焦急罷了。我的哥哥正在杭州，有信來說還找不到事情，哪裏會有錢寄給我呢？我只好默念着家鄉一句土話「船到橋下自會直」來安慰自己。

我正在慢慢地看着書，心裏是一片空白，沒有一點什麼希望，可也不怎麼焦急，忽然對面來了一位音樂家，是個矮胖子，他向我招呼。他是我從前的音樂老師，又是我哥哥的朋友，現任這個學校裏的教授。

「你是××的弟弟嗎？」他問。

「是的。」我連忙站起來回答說。

「你的哥哥從杭州寄了信給我，說你如果沒有錢，向我這裏先拿一點去，——你要不要錢用呢？」

眞是「天無絕人之路」，這消息使我多麼興奮啊！我鼓着勇氣，回答他說，我現在正很需要錢用。他就借了我兩塊錢。我馬上去買了五六個麵包，放在抽屜裏，每頓兩個，當作飯喫。後來聽說這位姓陳的音樂家患了肺病，不知他現在還在人世否？我每次想起這件事情眞覺得對他感激不盡。

窮的雙生兄弟是欠債。我常常聽長輩訓誡靑年說：不要向人借錢！不借錢是好品格，可是窮到沒有「立錐之地」往往逼得你破戒。以評「才子書」出名的金聖歎說：

「還債畢，不亦快哉！」

這位怪人眞是懂得窮味！我平常頂怕向人借錢，就是很熟的朋友，有時都覺得難以開口。最好是一見面開門見山，第一句話就是借錢；假如轉彎抹角，說了一大陣的閒話，到後來往往終於說不出來了。或者對方早知道你的來意，也來嘆窮，那麼借錢的事自然「免開尊口」了。如果把這些情味細膩地描寫出來，寫成一首「借錢」詩，我相信一定會是一首好詩，也許還可以媲美陶淵明的「乞食」詩呢。可惜我沒有詩的天才，所以不敢輕易嘗試。借錢是這樣的困難，債臺高築又會使你日夜不安，有一點錢時還淸了債自然是萬分痛快。老實說，還債的目的多半在下次借錢的時候方便一點。我冒險說出這點祕密，只怕有錢的朋友知道了，不但怕人家借錢，而且也怕人家還債哩。

窮加上了病，多慘！所謂「天無絕人之路」，這畢竟是人們自己安慰自己的話。有時候人們也會碰到「絕路」，那就只有最後的解脫——死。記得黃山谷題畫菜有這麼兩句：

「不可使食無此味，
不可使面有此色。」

青菜是有營養的，可是如果一年到頭光喫青菜，也會營養不足，面有「菜色」的。想要面紅體胖，至少青菜裏面要多放幾塊肉才行哩。所以陶淵明儘管曠達，也還活不到七十歲（他只活到六十出頭，梁啓超說他只活了五十多歲），營養不好和晚年患瘧疾多少有點關係吧。

解決窮困的辦法有兩種：一種是「開源」，另一種是「節流」。關於「開源」，我一點兒也不懂，根本沒法談。現在不妨談談「節流」。

我在抗戰以前，認識一個小學教師，好像是姓倪的，他是我認識的人裏面最節省的一個人。節約和吝嗇是不同的，節約是美德，吝嗇却是缺點。這位小學教師確是非常節省的，可並不吝嗇。他曾對我說，他的用錢是要絕對合於預算的，去年的收入有多少，今年的開支就不能超過這個數目；今年的收入今年絕對不花一文，全部存在錢莊裏。星期六下午從學校回到家裏，（學校在鄉下，家住在城裏，）總是走十里路，不肯搭船，因爲花幾個銅子兒的船錢也算是浪費呀。據我想來，他唯一的浪費恐怕就是抽旱煙了，不過這所花的也有限得很。我很佩服他這個「作風」，這樣自然不需要向人借錢了，我有心學他，可是無論如何學不到。因爲我常常預支下月的薪水，如果要學他，我得先躺在床上睡了一年多，才能辦得到。並且這位倪君的辦法難免被人批評「寒酸」，「窮酸」，這種批評很不雅，我也不願意接受哩。

蘇東坡的節約辦法特別有風趣。一般人或許以爲東坡是一個風流瀟灑的文人，生活一定很舒服。殊不知他的前半段的生活固然一帆風順，後半段的貶謫生涯却不是好過的，假如他沒有那豪放曠達的性格，還能活到六十幾歲嗎？

他四十多歲時，因爲跟王安石的政見不對，謫居黃州，做一個閒官——團練副使，這一段時期他的生活是淸苦的。他很贊歎一個古代的隱士的人生觀：「晚食以當肉，安步以當車。」他自己也能够善於居貧。像他這樣不肯受拘束的人，處於這個環境，竟也知道節約起來。他在一封覆秦少游的長信裏大談他的節儉法，他說：

他得罪獲釋才到黃州的時候，已經有一個時期沒有什麼收入，家裏的人口又多，因此心裏非常憂愁。唯一的辦法就是拚命地節省，每天的開銷不得超過一百五十銅錢。每月的初一那天，預先拿了一千五百銅錢，斷作三十串，掛在屋頂的樑上。每天淸早起來，用畫叉挑下一串錢，挑下了以後馬上把畫叉藏起來了，因爲那天不再挑了。一天經常的開支之外，有剩餘的錢，就倒在一個人竹筒裏，預備買酒菜款待客人。他過去還有一點兒積蓄，這樣的撙節，大約可以支持一年多。等到這點兒積蓄用完了以後呢，那就再作打算，「水到渠成」，現在不必想得那麼遠呀。

東坡自己說，這個節省的方法是從他的朋友賈耘老那裏學來的。他能够這樣有計畫地花錢，所以不必爲了柴米油鹽而擔心。他在結束這封長信時又說：要和少游說的話還很多，但是信紙寫完了，只好停住。他想少游看了這封信，一定掀起鬍子大笑哩。你看，坡公過着貧窮的生活，多麼有風趣啊。

我有一個朋友曾經對我說：窮固然可憐，但是發了財不見得就幸福。我細想這話，覺得眞有道理。雖然經過了十多年，這話還常常在我的耳朵裏響着。你沒有看見嗎，有些中了愛國獎券的人，得罪了親戚，斷絕了朋友，或者因錢財招引來爭鬭，盜殺，疾病等等的災禍。卽使不談這些，物質的享受舒服了，就會走上奢侈的路，趣味變庸俗，進修向上的心自然淡下去，將來可能成爲大腹便便的市儈，專門在喫和睡上面下功夫，你想，這樣的一生有什麼意義呢？

淸代的學者戴東原也是窮的，他曾經有一次告訴他的學生段玉裁說：在乾隆十七年，他正三十歲，那一年他的家裏沒有米，就和一家麵舖約好，每天到麵舖裏去拿麵，早晚喫兩頓。在這個時期，他閉門著書，寫成了一部「屈原賦注」。像戴東原這樣的學者，不但能够安於貧窮，而且因此發憤寫成了不朽的著作，和「飽食終日，無所用心」的人比較起來，那一種人有意義，有價值，不言而喩了。假如韓文公寫了那篇「送窮文」，居然眞地把「窮鬼」送掉，也許從此他再也寫不出他那些奇崛的詩文了，這可以說是「塞翁失馬」吧。

# 書塾

我只在書塾裏讀過半年的書，後來回想起來，自己有機會過那種舊式的學館生活，覺得很欣幸，也算是多了一點閱歷。

我得在記憶的深奧處挖掘，搜索，挖到了一些碎片，還要把蒙在碎片外面的塵土拂拭掉，使得模糊的形象漸漸地顯明起來。我不妨試試看。

那年的春天，我剛六歲。

「這孩子在家裏很淘氣，不如讓他到蒙館裏去讀書吧。」我聽到母親對姑母這麼說。

我那時是非常高興，因爲平時不讓我跨出家門一步，除非跟着家人送客，才走到後門口外，那裏有大樹，有河，有人在埠頭洗東西，……很好玩。讓我上學讀書，我就可以常常到外頭去玩了，這是我第一次感到去讀書的快樂。

這個書塾是在東邊鄰近的一個村子裏，距離我的家有一里路。那一天天氣晴朗，我和姐姐、楊媽，阿芬伯伯帶路，向着東村走去。那裏是非常的髒，村前路邊有一排糞坑，臭氣撲鼻。小路既泥濘又彎曲，兩旁有許多東倒西歪的房子，極其不整齊。書塾就在這些破房子裏頭。一間陰暗的平房，破壁，泥地，地面高低不平。每到掃地的時候，紙片泥沙掃進低陷的坳地，就很不容易掃出來了，結果弄得灰塵飛揚，瀰漫了全屋子。裏面放着二三十張高高低低大小不一的桌子，都是學生們從自己家裏搬來的。

「拜見老師！」我們才走了進去，阿芬伯伯就對我們喊着。

老師坐在大書桌後面的椅子上，是中年人，微微地笑着，露出黃黑色的牙齒。楊媽推着我行禮，於是我們走到書桌前，向老師三鞠躬。以後我聽同學說，他姓薛，至於他的大名，就不得而知了。

教書的情形大概是這樣的：——

老師的桌上放着一個戒方，有一尺多長，厚闊各一寸多，顏色烏黑，拿起來沉甸甸的，它具有無上的威嚴。他把戒方在桌上拍了幾下，（對每個學生的拍法各不相同，）就有某一個學生走到桌子前面，把書本交給他，然後站着背書。如果背不出來，學生的腦袋或手掌就要受那個戒方的敲擊，很奇怪，一經敲擊，往往又能够像流水般的背誦出來了。有時候換一種口味，順手在額角頭給他吃幾個栗暴，那也是不好受的。

背完書，再敎「生書」。老師讀一句，一邊用硃筆圈點着。授完「生書」，那個學生捧着書本下去了，於是另一個學生上來。……

年輕的時候，記憶力强，一天背幾頁書，不算什麼難事，假如不是天資很鈍或很懶惰的學生，根本不必擔心吃戒方的苦頭，所以我在書塾裏半年，還沒嘗過它的滋味呢。

這裏所讀的書是多方面的，大概多由學生這一邊決定的。有的讀開頭是「趙錢孫李」的百家姓，有的讀開頭是「天地玄黃」的千字文，有的讀開頭是「人之初」的三字經，有的讀開頭是「混沌初開」的幼學瓊林，還有神童詩，千家詩，四書，五經，……任你選擇。可是我所讀的都不是這些書，是一本新制國文課本。這是一本用文言文寫的書，對孩子們的吸引力不會在幼學瓊林之上。故鄉有一位名士，在他七十歲自壽的序文裏，譏笑那時的小學國文教科書說：

「青黃赤白黑天地，山水牛羊狗教科書。」

的確，我還記得這本書裏有「青黃赤白黑」「山水牛羊」等字樣，第一課裏還有「奉父母之命，來此讀書」幾句。其中只有像「電光閃閃，雷聲隆隆」那些課文，還能引起孩子的驚怖的想像，此外大部分很乏味，老早都忘掉了。

這位薛老師是很淵博的，除了教一般的童蒙必讀書以外，還得教佛經。因爲有學生的母親想念佛經，自己的年齡太大了，不好意思也不能上學讀書，就叫她的孩子到書塾裏去學習，晚上孩子回家再教母親念。於是把心經、金剛經、法華經等都念完了。那時的塾師，眞需要萬能的人才，跟現在小學教師的情形比較起來，是大不相同啊。

同學們人數不多，却很雜，也兼收女生。每天我只是讀書，習字，獨自玩着，很少跟他們交談，未到書塾裏去以前那種高興的想法，已經消失了。

書塾裏有一個特色，一進門就可以聽到一陣一陣的書聲。古時候中國的文人很注重誦讀，所謂「洛生詠」「擁鼻吟」，是指一種重濁的或悲涼的聲調，是從前讀書人所要仿傚的朗誦法。一般家庭裏，認爲聽到書聲，是家門興盛的現象，他不妨高聲長吟，甚至拍案嘯歌，卽使是目不識丁的人，也不會覺得喧鬧。當你走進了書塾，就彷彿把全身沉浸在書聲裏，陶醉着，欣賞着。有時候聲音漸漸低下去，聽不到了，老師就會忽然把戒方在桌子上重重地拍着，叫道：「讀書啊！」於是書聲又沸騰起來，眞是洋洋盈耳。學生們模仿着老師的聲調、姿勢，搖頭晃腦，老師自己也讀着什麼書，還點着頭，好像從吟誦中得到了無窮的樂趣。傍晚的時候，書聲最急切，所謂「一陣烏鴉噪晚風」，實在是絕妙的形容。因爲孩子們渴想回家，所以引吭疾呼，目的在催促老師早點放學。

平心而論，這種注重誦讀的教學法，也不能說沒有優點。朱子說讀書有「三到」，其中「口到」就是指誦讀而言。就記憶來說，看不如讀，讀不如聽，語言學家趙元任先生曾經說：「學外國語，何不多多念念呐？我從前學德文的時候，就還是中國的老習慣，書拿來總是哇喇哇喇念的，就跟背四書五經一樣。等考的時候，我的成績，也不差於我的同班的別人的成績。」這是事實。

有人問邱吉爾，在學校裏所學到的那一件對他後來的生活最有用處，他毫不遲疑地回答說：「那要算我背過的文學佳作。」邱翁這意見，跟中國古時候的學者簡直如出一轍。我常常想：假如請善於誦讀的人，把一些精彩的詩文（不管是古代的或現代的），灌成唱片，讓我們欣賞欣賞，該多麼有益處啊。我雖然離開了書塾，我還忘不了那有抑揚頓挫的琅琅書聲。現在有一些學者，對於誦讀和記憶的價值，似乎未免過於忽略了。

使我覺得沉悶難堪的，就是整天得坐在位子上，沒有規定的遊戲時間。每當老師打瞌睡的時候，我們的書聲就一齊停下來了，那是我們自由活動的時間。有的打開抽屜玩弄着，那裏面擺着木偶，糖果，畫片兒，……有的溜到屋外打架去了。

走出後門，就看見一條大河，河水非常黃濁，因爲附近的人在那裏製造一種粗紙，不斷地把污穢的渣滓匯集在河裏。向南邊可以看見一座有欄杆的石橋，那是我的祖父領頭建造的，橋上還刻着他的名字。可是楊媽不許我走到河邊或橋上去，她老是跟着我，寸步不離。她的個子矮小，牙齒掉了好幾個，她陪着我們讀書已經很有經驗了，以前大哥也是由她陪伴的。整天她坐在我的旁邊做針線，我眞奇怪她怎麼永遠不會厭煩呢。

唯一使我與奮的是看見河上駛來了一艘小汽船，所以我時常溜到後門口，望眼欲穿地探看它的踪影。小汽船一來，就是我的放學時間到了，我可以馬上飛跑着同家，不管楊媽在後面怎樣叫喊追趕。

那年秋天，我離開了書塾，轉到一個比較遠的小學裏去，從此再也沒有機會見到那位和藹可親的發蒙老師了。

# 種樹

我喜歡樹，各種各樣的樹，一片綠陰，使人的眼睛極其舒適。「綠樹偏宜屋角遮」，有了一兩株老樹遮蓋着，什麼破陋房子都會變成了有詩意的住所。

很久以前，我住在一個宿舍裏。向窗外望，可以看見很多株的梧桐樹。筆直的樹幹聳立着，大張的葉子遮蓋着，陽光大部分照不下來，院子裏室內陰暗淸幽，這在夏季裏眞是涼快極了。當我獨自在房間裏的時候，我就儘量地欣賞這淸幽的境界，我以前雖然在書本上常常看到梧桐這兩個字，但是眞正接近它，領略它的淸陰，這還是第一次呢。

一到下雨天，就更有情趣。梧桐葉滴着雨，滴滴答答，滴滴答答的，深夜聽着，會使人引起一種淡淡的愁思。這和雨打在芭蕉葉上，發出淅淅颯颯的聲響，情調是迥然不同的。

據說梧桐先知秋氣，所以秋風一起，葉子就飄落了，先是一張一張，隨後紛紛地，終於落盡了。在冬天，陽光從光禿禿的枝條間曬到院子裏，窗口，這才體會到梧桐的確是冬暖夏涼的樹木呢。我不知道種這些梧桐的是誰，我總該深深地感謝他啊。

另一種我喜歡的是桂樹。在我們的老屋裏，西邊院子的牆下，有一株大桂樹。每年秋天，開了滿樹淺紅色的小花，香氣四溢。人們一看見，都會稱讚說：「這桂花多香啊！」桂花開得最盛的時候，好像滿樹紅霞，光彩奪目，這時就要把它們採下來。我們拿被單和舊報紙鋪在樹下，孩子們爬上了樹，搖動樹幹，花朵就紛紛地落下來，落在被單和報紙上。搖不下來的花朵，就得用手把它們捋下來。然後把花梗兒去掉，一部分鮮豔的桂花用白糖浸漬着，裝在瓶子裏，其餘的曬乾，藏起來，過年的時候，可供做年糕或湯糰之用。

有一次，我的堂哥哥喫到一個很甜的紅瓤柚子，他決心把它的核子種在後園的泥土裏。

「等到柚子樹長大結成柚子，不知道要多少年哩！」我嘲笑他說。

「什麼經上說的，」他對我解釋說，「每逢喫一個桃子，就得種一棵桃樹，我也想試一下呀！」

誰知不到幾年，他所種的這棵小柚子樹居然長高了，枝梢達到了門上，高出了屋簷，結成了圓圓的柚子。他與匆匆地拿了剝開的柚子叫我嘗，雖然比不上以前喫的那柚子甜，但是也還不錯。我眞有點懊悔自己沒有種過一株呢。

李笠翁（漁）在閒情偶寄裏說：

「種樹欲其成陰，非十年不可。最易活者，莫如楊柳，求其陰可蔽日，亦須數年。……蒼松古柏與梅三物，則貴老而賤幼，欲受三老之益者，必買舊宅而居。若俟手栽，爲兒孫計則可，身則不能觀其成也。」

我不肯種樹，多半是因爲疏懶，怕勤手出汗，同時也沒有久遠之計。我以前只想如李笠翁所說的「買舊宅而居」，可以坐享其成。不過像他那樣懂得生活的藝術，我實在自愧望塵莫及。

我現在住的房子，院子裏有兩株樹，一株是榕樹，一株是番石榴。榕樹醜陋多鬚，我一點也不喜歡它。番石榴樹是先前沒有見過的。它有許多的俗稱，什麼拔那、那拔、藍拔……，我簡直搞不淸楚。它的樹幹是挺直的，葉子不太密，橢圓形，開着白色的花。起初我並不喜歡它，並且常常有野孩子爬上牆頭來打果子，打擾我的午睡，使我對這棵樹沒有好感。但是它正對着朝東的窗戶，遮住了炎熱的太陽光，功罪各半。後來我看孩子們非常愛喫這些果子，他們也勸我嘗嘗看，我咬了一口，開始覺得它的味有點怪，不久漸漸覺得還不錯，而且據說它營養極好，從此我對這樹的感覺，由冷淡而轉爲喜愛了。

今年八月間颱風來襲，番石榴被刮得一半倒，葉子被刮落了大半，枝幹向西傾斜着，壓在屋簷上，現出苟延殘喘的可憐相。颱風過後，打算找工人來把它砍掉，但又捨不得。不料第二天刮西風，却又把樹幹刮正了，它自己也生出力量來，挺直身軀，這蓬勃旺盛的生機，使我驚奇不已。我寫信給居留在遠方的瞻遠，告訴她這奇異的情形，並且說，希望當她回來時，還可以喫到它的甜甜的果子，因爲她在家的時候，老愛爬上樹頭採果子喫。

我好幾次在這株番石榴樹下徘徊沉思：種這株樹的人大概早已去世了吧？……俗語說：「前人種樹，後人乘涼。」後來的人們，享受它的淸陰，摘喫它的果實，可以說是蒙受了前人的恩惠。這些無名人物的功績，是值得我們紀念和讚揚的。但是我們沒法報答前人，因爲古人已經遠逝；我們惟有施之於後人，這也算是一種報答。……

「哪裏只限於種樹呢？其實許多事情還不是一樣的？」彷彿聽到有誰這樣提醒我。

# 雁蕩山

雨窗枯寂，看陸放翁的入蜀記，他五月間自山陰動身，坐船上溯長江，十月才到達夔州。沿途每當船停泊的地方，就上岸暢遊，所記的名勝古蹟景物，使人神往。我因此想起許多年前曾經到過雁蕩山，可惜當時沒有片紙隻字的記載，現在沒法寫成遊記，只能寫下一二段難忘的夢境。那是在可愛涼爽的秋天，同伴連我一共有五個人：我的姐夫和二姐，江居士，還有一位某太太。

雁蕩山在浙江樂清的東邊，風景奇秀，我早已聽人家說過。我們於上午乘汽車去，下午下車後又走了好多的路，看見峯巒蒼翠峭拔，漸入佳境，傍晚的時候到了靈巖寺。

靈巖寺是一個大「叢林」，據說開始建於宋朝，我們晚上就投宿於這個寺院裏。我第一次在山中過夜。男女分宿，我們三個「男士」住在一間空洞洞的「禪房」裏。我以前總以爲城市裏人聲車聲喧聒，山中必定靜寂，萬籟無聲。其實不然。當我將要睡下去的時候，忽然聽到淅淅瀟瀟的風雨聲，想起入山的時候天氣晴朗，怎麼會下起雨來呢？走到院子裏一看，天空中有星，並沒有下雨，原來這是「松濤」聲。我於是回到屋裏，傾聽那松濤的聲音：有時澎湃洶湧，有時泠泠幽咽，眞是洋洋盈耳，使我陶醉。松濤聲低下去的時候，又聽到蟲聲，喞喞喞，啾啾啾，長聲的，短聲的，尖聲的，沙聲的，………熱鬧萬分。我突然到了一個不同的環境，聽到奇妙的天籟，我感到驚異，興奮，那個夜裏我竟睡不着。但是我也領略了這山中美妙的淸夜，現在回想着，只願這種「淸福」常常能够享到呢。

天還未亮，我們就得起床了，因爲要遊觀好多的地方，所以非一早趕路不可。大概是我們的談話走動聲太吵了的緣故吧，忽然聽到有人在敲着板壁：拍拍拍，拍拍拍。

「別作聲，隔壁的和尙在罵我們了！」江居士對我們搖着手說，他雖然愛看佛經，火氣倒也是很盛的。

「您怎麼知道和尙在罵我們呢？」我好奇地問。

「寺院裏的慣例，敲壁就表示對人警告，應該肅靜，這些我是內行的。」他向我們解釋說。接着，又提高聲音說：「時候已不太早了，這些和尙眞懶惰，還高臥在床上，不起來念經！」

江居士的一頓罵似乎生了效，不久，就來了一個和尚，在門口盤問，神氣十足：

「請問居士，貴姓？」

「敝姓江。」

「台甫……？」

「鄙人就是江蓬仙。」

「啊，江蓬仙居士！久仰，久仰！」和尚的態度突然變成非常客氣了。

一會兒，一個小和尚端了一壺茶來。我想起了「茶，泡茶，泡好茶」的故事，覺得好笑。我提起茶壺倒出一小杯茶，喝了一口，果然淸香甘美，比昨晚喝的好多了，這是我生平喝過的最好的綠茶。固然高山露濃出好茶葉，可是用山水泡茶也會增加茶味的甘美，在平地是不容易辦得到的。

那位和尚又拿了大本紀念册，一捲宣紙，說要請江居士題字，還要寫一張梵文「南無阿彌陀佛」。他都答應了，但是須在遊山玩水完畢以後。這使我對江居士起了一種莫名的敬意，同時也不禁感慨，雖在佛門淨地，也還是一樣勢利的。

我們從寺裏出來，月亮還未落山，掛在峯側。危峯嶸嶂，絕壁斷崖，映着月色，看起來更加神奇巧妙，使人彷彿覺得到了洞天福地之中。那邊，月亮照不到的黑暗的一角，閃爍着流螢的微光，是雙鯉峯。天柱峯突兀獨聳，在晨曦中更顯出它的雄姿。「僧拜石」極像一個老和尙披了袈裟彎曲着背的樣子，吸引遊客們的指點和贊賞。……聽說雁蕩山是以峯巖奇秀出名的，有百二峯，十谷，八洞，三十巖，十八寺。水却不多。給我印象最深的是大龍湫。

正對着一帆峯，大龍湫瀑布從巖端直瀉下來，高大約有數百丈，落到碧綠的潭裏，發出轟轟的聲響，氣勢非常雄壯。那時候不是雨季，泉水不很大，遊人可以站在潭邊觀賞，如果在春天雨季，水勢浩蕩飄注，遊人就不能走到潭邊，只好在外面遠遠地眺望了。我曾經看過一幅清朝人的山水畫——大龍湫，瀑布像一匹白練，奔騰下瀉，但是在瀑布的中段，畫着一層薄薄的霧氣，我當時不解什麼緣故。現在趁這機會可以細看一下了。這條瀑布，從半空裏飄瀉下來，果然當中一段瀰漫着雲氣，再仔細察看，原來巖壁中段有一塊巨石突出，泉水冲注石上，水花上升約數丈，然後再落下來，因此就造成這個奇觀了。

我在潭邊徘徊觀望，偶然一陣風吹來，帶了飛沫落到我的身上，寒涼徹骨。我又看見幾隻蜻蜓在水邊飛，姿態極其悠閒。這些，都使我驚奇不已。我想起古人的詩句：

「欲畫龍湫難下筆，
不遊雁蕩是虛生。」

我把這兩句詩吟了幾遍，覺得非常確切：我不會畫畫，也不能用妙筆將這奇景描寫下來。不過我總算身歷其境，並且欣賞了一番，這是值得的啊。

瀑布右邊有一個什麼堂，那裏可以休息，可以觀瀑布。我看見康有爲寫的四個擘窠大字：「白龍飛下」，字體飛舞飄逸，我想這四字很能夠表達出大龍湫飛瀑的雄偉氣派。

我們的遊程只有三天，在靈巖寺過了四夜，只看了一部分雁山的名勝。絕頂有雁湖，水不乾涸，雁常棲止在那兒，因此這個山叫做雁蕩山。那山頂太高了，我們沒有爬上去。據徐霞客遊記裏說，霞客第一次遊雁蕩山，在明萬曆四十一年，他那時是二十八歲，因爲巖壁險峭，沒法攀登雁湖山頂，悵然下來。第二次在崇禎五年，他已經四十七歲了，才爬上絕頂，所謂「窪中積水成蕪，青青彌望」，這是霞客目睹雁湖的記載。

我那次走馬看花似的遊覽名山勝地，到現在只剩着一些影子，在眼前晃動，我想逼取描摹下來，有的又隨即消逝了，留下來的只是這淡淡的素描。

# 伴侶

那條小河旁邊一帶佳勝的景物，和我寂寞無聊時候的唯一的伴侶，………這一切使我永遠不會忘記。

通過朝西的小門，就可以看見一片平曠的田野。清早，太陽正要上昇，小路旁邊的草上灑滿露水，我脫了鞋，赤脚在草上走着，涼意眞像沁入了骨髓，使得昏亂的頭腦清醒過來。我常常在早上要赤着脚散步，這是聽從醫生的勸告，據說可以醫治神經衰弱。這樣的散步是一種大享受，對我的腰酸頭痛也稍微有點益處；不過倘若踩到牛屎或狗屎的時候，是非常不愉快的。

伸向西面的石子路，略像弓字形，通到一座小石橋，我記不淸楚一共有多少步，大約五六分鐘可以走到那裏。我平常愛沿着這一條小路散步。遠山被一層灰色的薄霧遮蔽着，東方的天邊由魚白色轉變成赤色，由赤色轉變成光輝燦爛，太陽從東海出來了。我手裏拿着一雙鞋，赤脚踩在沾溼了露珠的路旁小草上，呼吸着新鮮的空氣，一邊欣賞着水田裏的景物：棋盤一樣的田疇，綠油油的稻子，挺立着的長脚的白鷺，從泥土裏跳出來閣閣地叫着的青蛙，……我的苦悶暫時消失了。在田裏工作的農夫，有認識我的，就會用着驚異的眼光看我，向我招呼：

「早啊！讀書人也到田裏來了？」

我不知道怎樣回答才好，因爲我知道不論我怎麼樣回答，背後還是免不了被他們批評爲「古怪」。我只好搭訕着說幾句就走開了。

石橋的旁邊有一座小廟，裏面供着不知什麼神像，兩邊有長凳子，可以坐着休息。那裏一條小河通到西面的山下。有一次下了微雪後，我划着一隻小船，從那條河上走，仰頭望着山頂皚皚的積雪，和蔚藍的天空，覺得充滿了豐富的詩意，可是始終做不出一首好詩來。這景色迷住了我，使我很久忘記不了，老想到這裏帶去溜溜。

回頭走，轉向北，一條狹小而乾淨的田塍，通到屋後的深潭，那是我家東面那條河的盡頭。循着深潭周圍的田塍走，可以聽到從溝渠裏流到河裏的淙淙的水聲，在春天水滿的時候，偶然會有魚從河裏潑刺地跳到溝裏去，多麼有趣！潭水很深，大概有一二篙光景，據說潭底潛伏着大魚，一株大榕樹一半垂到水面，像鬍鬚似的細氣根蘸在水裏，深褐色的樹幹上時常有人坐着在釣魚。深潭的北面有一座墳墓，旁邊種着白楊和許多雜樹。跑到墳背後，可以避寒風，爬上墳頂，向遠處眺望，可以看見大河裏有汽船在行駛着。潭的東南面岸邊有株樟樹，站在樟樹下，可以看見對岸我家的後門，門口臨河放着一排石凳，上面的大樸樹投下一片濃陰，這是夏天乘涼的好地方。我平常只在後門朝河的東面眺望樟樹，牠的葉子綠得非常可愛，很少站在樟樹下面向自家的老屋眺望。更向南走去，就是村落了，那裏的道路泥濘污穢，滿撒着雞屎豬屎，使我裹足不敢再進一步。我的散步的終點是那株樟樹，我多半在距離樟樹二三十步的地方就停住了。

一個初夏的早晨，我亦着脚正在散步，忽然看見十字路口站着一個人，雙手交在身體後面，凝視着遠山出神。

「志堅！志堅！」我認得他是我的老朋友，馬上跑過去叫他。「你什麼時候回來了？」

「家裏有點兒事，昨天請假回來的。明天又要到學校裏去。」他帶着冷淡的微笑回答說。他的頭髮很長，有點蓬蓬鬆鬆的，面色似乎比以前烏黑了一些。

志堅的家就在我們村莊的西南角，他這學期在一所離家很遠的小學裏當教員，所以我們很久沒有見面了。

我們一邊漫無目的地走着，一邊海闊天空地談着，不覺已經走到了那座石橋。

志堅站在橋上，望着橋下的流水，作出一種要跳水的姿勢，對我說：

「老弟，你會不會游泳呢？」

「不會。」我回答他說。我對於一切運動都是低能兒，膽子小，手脚又笨，我很羨慕志堅多才多藝，心裏略感慚愧。

「你不知道啊，在水裏游泅着是多麼舒服！」他很開心地笑着，眼睛瞇成一線。「這是最好的消夏法，等我一個月以後從學校裏回來，我敎你游泳。」

「我的膽子小，恐怕學不好呢。」

「不難，不難，一點兒也不難！」他肯定而且熱心地說。「當我才學游泳的時候，總是像石頭似的往下面沉，浮不起來，現在學會了游泳，浮在水面，隨便怎麼樣也沉不下去了。」

於是我們很愉快地分了手，約定在下一個月再見面。

志堅小時候，他的母親就死了，父親不想再討後母，索性剃了頭髮去做和尚。可是因爲他的脾氣孤僻，和人難合，又從寺院回到家裏，一面種田，一面念經，人家都笑他是個「在家和尙」。他辛辛苦苦地節省下一點錢，給兒子讀書。志堅是獨子，他的家眞像荒山裏的古廟，四壁蕭然，雖然破陋，却還乾淨。

我時常到他的家裏找他玩。經過養着一大羣雞鴨的人家，那裏有一個堆着稻草的小院子，院子東邊兩間低矮的房子就是他們的住所。朝西一扇方格子的窗戶糊着白紙，窗下放着一張方桌，是志堅讀書也是他父親念經的地方。這間屋子又隔爲兩小間，後面一間是寢室，掛着一頂藍色的帳子，牆壁間開着一個小洞，是唯一能够漏進光線的口子，所以就是在晴朗的天氣，寢室裏也是黑黝黝的；假如叫我睡在那間屋子裏，準要睡到中午才會醒來。進口的一間算是客廳，有桌子沒椅子，反正客人是不大來的。後面是廚房，我常在那裏看他喫飯，菜是非常簡單的，至多兩盤，是些蒸鹹魚或者醃菜之類。

志堅並不算十分勤勉，可是各方面的知識都很不錯。他很樂觀，不怕什麼困難，能够喫苦。他具有自信心，沒有自卑感。他會經勸告我說：

「有的話你不能對某一些人隨便談，因爲反正他們不會相信的。」

他會打幾手拳，在深夜月光下，我常常看見他在打「武松脫銬」「八段錦」「太極」等類的拳術，所以他頗有俠客的氣概，喜歡打抱不平。他每次談起這一類的事情，總是津津有味，娓娓不倦的。並且說我的膽子太小，在現今的社會裏，弱者是不適於生存的。他的堅毅刻苦的精神多少影響了我；可是他的剛强好鬪的性格，我却不完全贊成。有一囘，他的脚上生了一個瘡，並不去給醫生看，自己用小刀劃開，把「膿頭」箝出來，塗上紅藥水就完事。他很自負地說：「我一點也不怕痛！」我聽了他的話，只搖搖頭，覺得他太冒險了，有點近於野蠻。

去年他突然生了一場大病，摧毀了他求學的前途，現在暫時在小學裏當教師。大病以後，他從前的壯志似乎消失了，聽說偶然還愛喝一兩杯酒。不過他那吸引人的魔力仍舊沒有減低，這回他對我說暑假回來要教我游泳，我們又可以一同痛快地消磨整個的夏天，眞是多麼使我興奮呀！

但是事情常有意料不到的。在我和志堅分別後的第三天下午，天色陰沉，我到村東小店裏買一點東西，看見小店裏聚集着好幾個人在談論着，神情異常地緊張。我一跨進店門口，就有人告訴我說：

「志堅淹死了！他喝醉了酒，人家叫他去游泳，他游了一會兒，沉下去就淹死了！昨天夜裏送了電報來，他的父親得知了這個消息，整夜盤腿坐着，不說一句話。」

我回到了自己的屋子裏，頹喪無力地躺在籐椅上。外面下起雨來，雨絲灑在院子裏的蔦蘿架上，水珠不斷地滴下來，滴瀝滴瀝……，好像永遠滴不完似的。遇到這樣沉悶、無聊、凄淸、難受的天氣，誰不希望有朋友來訪？誰不喜歡跟朋友無拘無束地談笑？無情的河水啊，你爲什麼奪去了我親愛的伴侶呢？

後來我聽人說：志堅的棺材運回家了，他的父親在半夜裏開了棺材看，面孔全身都發黑。——這有什麼用呢？人死了是不會再活轉來的。

幾天以後的一個早上，我又到田間去散步。我看見十字路口站着一個老人，穿着灰色的破衲衣，像志堅一樣兩手交在身體的後面，望着遠山出神。我立刻認得出來：他是志堅的父親。我不敢和他打招呼，恐怕因此反而更加引起他的思子的哀痛，我向着那木頭似的竚立着的側影望了一會，悄悄地從別條小路溜走了，我覺得在他的靜默中潛藏着無限的哀愁。

# 竈下

一間陰暗而且狹窄的廚房，在當時是我的安樂鄉。破舊的紙窗外面，有一叢紫竹，較遠的牆角，有一株老橘樹，橘子紅的時候，我們就拿竹竿去打橘子。除夏天外，紙窗是常關着的，和外面的世界隔絕着，可是這個小小地方，倒很溫暖舒服。在竈下，我時常可以看見那個傴僂有趣的阿七老娘。

她的臉上滿佈着地圖似的皺紋，鼻下嘴脣上有一顆黑痣，黃黃的牙齒似乎還留着幾個，因爲她總是彎曲着身體，所以看不大淸楚。頭髮全白的還不多，大半是灰色的，蓬鬆着，稀疏的幾根掛到耳邊，在風中飄動。她的衣服本來是黑色的，穿久了褪成灰色，補了好幾塊；袖子很大，冷天她老是把一隻手縮在衣服裏，操着一個「火籠」，讓一隻袖子空垂着，像一個斷了手臂的殘廢人的癖子。靠近她的身邊，總聞到一股煙火的氣味，因爲她不是烘着「火籠」，就是在竈下燒火，老和火接近的緣故。

她住在我家附近，替我們家裏打雜兒，她平常自己家裏一有空兒就來，過年過節那就必到，我們那裏叫做「散工」。她做事雖然不怎麼好，可是非常「盡心」，她有一顆善良的心，熱誠地替我們一家幫忙，向神前替我們祝福，對我尤其關心疼愛。

「啊，將來你有出頭的一天，請我喝一杯，那時候兒我眞開心哩！」她好幾次對我這樣說，並且高興地笑着，不住地咳嗽着。她笑的時候，臉上的「地圖」全改變了，顯出和藹而滑稽的樣子。

她愛惜一切，捨不得糟蹋一點點的東西。煮飯的時候，用火鉗夾着柴在鍋底燒，這樣不會浪費柴火。假如看見一粒飯掉在地上，她必定立刻撿起來放在嘴裏，一邊連聲說着：

「罪過！罪過！」

在她看來，白米飯簡直是天下至寶，怎麼可以丢在地上呢，不怕雷公打死麼？因爲他們整年喫蕃薯，只在割稻的時候喫白米飯，難怪他們把白米看得那麼寶貴。

有一次，她特別警告我：

「你走路的時候留心脚下！」

「你怕我要跌倒嗎？」我高聲地反問她，有點不耐煩了。

「哦，不是……」她微笑着，「我是說……你得留心那些掉在路上的紙包，裏面也許包着錢或者金子呢！……」

我明白她的好意。她希望我忽然碰到了好運氣，離開了貧窮的境地，靑雲直上。至於她自己呢，簡直不敢夢想發財，只有安分守己，却希望別人發迹，自己可以分沾一點兒光榮，喜悅。但是我竟沒有聽從她的勸告，我走路的時候，脚步來得沉重，頭朝前面，眞是「視而不見」，所以從來沒有發現什麼紙包之類的東西。能够保得住自己的口袋裏的東西不掉到外面去也就好了，還會肯注意脚下的「橫財」嗎？

從旁人的嘴裏，我也常聽到對阿七老娘不大滿意的批評：說她炒的菜，等於沒有放油；她煮的飯，多放了水，變成「爛泥飯」；她泡的茶，茶葉只有幾片；她洗的衣服，只擦一點點的肥皂，洗不乾淨；……總而言之，她未免太小氣了。

祖母曾對我說：

「你母親跟阿七老娘眞配得好，半斤對八兩，寒酸得可憐。我擔心你喫的菜太壞，營養不够，弄壞了身體。……」

只有母親袒護着她。

「窮人不能裝闊！」母親對我訴說不平：「像我們這樣破落的人家，除了阿七老娘，那些氣派大的，你想肯做我們的用人嗎？我就是看重她的節省和誠實。並且她的嘴穩靜，不像別的老太婆一樣，整天絮絮叨叨，搬弄是非。………有的人叫她『起發媽』，『起發』是她丈夫的名字，她的丈夫死了已經二十多年了，現在還要驚動埋在地下的人，怎麼可以呢？所以我們應當叫她阿七老娘。………」

母親這一番話，使我對阿七老娘起了尊敬的心。自命爲闊氣的人啊，假如你一向過着像她一樣飢餓困苦的生活，恐怕你比她還要小氣呢。

一天下午，我正在院子裏和兄弟們玩「滾錢」的遊戲，看見阿七老娘從廚房裏出來，一手摔着胸口，劇烈地咳着，地上留着一滴滴的鮮紅的血迹。

「老娘，你怎麼樣啦？」我停止了「滾錢」，驚慌地喊着。「別走，在我家休息一會兒吧。」

「不要緊………。」她點點頭，輕輕地說，又咳了一陣，慢慢地向門口走出去了。

我的叔父是醫生，他曾經替阿七老娘診過病。他告訴我們：阿七老娘患胃癌，沒法醫治的，不過保養得好，可以多拖幾年。

「唉，眞可憐！」我們都嘆息着。

「你得好好地看顧阿七老娘啊，」叔父用着憂傷同情的音調對我的母親說，微微皺着眉頭，深深地抽了一口煙。「給她一些好的東西喫，別讓她做太多太重的工作，你要知道，她活在世上的日子是有限的了！」

過了不久，阿七老娘又來走動了，她還是照常慢慢地幫着做點瑣事，據說她的病已好了一點了，窮人們對疾病的抵抗力似乎比富人强。

這是四、五年以後的事，一個寒冷的早上，有人來告訴我的母親說：阿七老娘病得很沉重。於是母親決計去探望她的病。

打開朝西綠色的小門，走了一百多步光景，就可以走到阿七老娘的家，不過因爲「風水先生」說這扇門不吉利，所以經年累月鎖閉着，平常到阿七老娘的家就得從東邊臨河的後門出去，繞一個大圈子。這一天母親開開生了鏽的門鎖，帶着我一同到她的家裏去。

她家的門口有一個很高的稻草堆，彷彿掩護着那段矮牆的缺口，並且把低小的門口遮得幾乎找不到了。進口處是一片爛泥混合着牛屎，灰黑中帶黃色，使得你有「寸步難移」的感歎；可是我們終於通過了這個「難關」，走到她的家裏。

阿七老娘本來是睡在竈下黑暗的角落裏，現在那個破木床已經空着，好像解除了牠多年的負擔，等待不久就要來接替的新主顧。垂死的病人，睡在一扇板門上，已被擡到堂屋裏去了。

我們走到堂屋裏，看見她躺在那兒，蓋着大紅的被，下面是綠色的褥，衣服穿得很整齊，戴着風帽，像是演劇中的人物。在風帽下面，露出灰白乾癟的臉，眼睛閉着，嘴張開，微弱而困難地在喘氣。她的媳婦站在旁邊，頭髮亂蓬蓬的，臉上顯出呆板的表情。一對白色的燈籠掛在上面，裏面點着蠟燭，據說是要接引她到西方極樂世界去。她的兒子阿七忙着在屋子裏跑進跑出，說話帶着沙啞聲，大概是在預備「後事」。

「媳婦啊………」風帽底下發出低細微弱的聲音，「你們別………一心照顧着我，………忘記了餵豬，………你去——，到豬欄那邊去看看啊………。」

她的媳婦連忙靠近她的耳朵說話，我的母親流下了幾滴眼淚。一會兒，母親走近她的頭邊，低聲地向她說話，或是替她念經，我聽不淸楚。我只看見她微微地點着頭，嘴巴顫動着。……我不敢走近她，我忽然感到頭被刀劈似的疼痛起來。

第二天，她的媳婦到我家裏來，頭髮旁邊綴了一小塊麻布，眼睛紅腫着，我們知道阿七老娘已經死了。

她彌留時的幾句話老在我的耳邊響着。……或許富人們會鄙薄她，譏笑她，可是我覺得她臨終時候那種純樸「無我」的心境，實在値得我們崇敬，深省。

# 五柳先生

柴桑的秋天早晨，眞是天朗氣淸，可是已經頗有點寒意。五柳先生家的院子裏鋪滿了落葉，房子旁邊的五株柳樹也差不多完全零落了。本來五柳先生每天淸早一起來，就要做搬磚運動，這是從他的上代士行太公相傳下來的習慣：早晨把一百塊磚從屋裏搬到屋外，傍晚又從屋外搬回屋裏，據說這樣做可以養成勤勞的性格。但是最近他患了「打擺子」的病，這幾天病雖然好了，還是沒有力氣做搬磚運動，只得暫時停止了。他靠着朝東的窗口，眺望着籬笆下面的菊花，顏色好像黃金一般，非常鮮明美麗，只是旁邊長滿了雜草，也沒人去刈除。

他的心裏有點空虛。以前的理想世界，什麼時候才能够實現呢？……他因爲不肯同流合污，所以辭掉彭澤縣令的官兒，回到鄉下種田。家裏的人口多，不免常常受着飢餓的威脅。他從前曾經想過：五六月的時候，躺在北窗下面睡覺，一陣陣涼風颯颯地吹來，多麼痛快啊！現在人老了，又時常生病，想到過去的閒適生活，眞覺得渺茫，不可再得。………

「喫早飯呀！」五柳太太端着稀飯推門進來了。

五柳先生看見托盤裏盛着一碗稀飯，一小碟黃豆，把眉頭微微皺了一下，就唏哩呼嚕地喫起稀飯來。

「米又快喫光了。」五柳太太埋怨似地說。

「哦！」五柳先生嚥下了一口稀飯，說：「我們一家人眞是『三月不知肉味』啦，難怪飯量都不錯。」

「書獃子！」五柳太太一半發怒，一半開玩笑地說：「又要談起大道理來了，沒米煮不成飯，飯量好有什麼屁用！」

「你向隔壁借一點吧。」

「借米借油，老是叫我去。上次向劉家借了十斗米，到現在還沒有還，怎麼好意思再向他家借呢？我不會借，你自己去吧！」

「柴米油鹽，是女人管的事呀！」

「活該！你不肯向人家低頭鞠躬，辭掉官兒，想做一個淸高的詩人，詩人快要變成『死人』

。」

「你以前也曾經贊成『君子固窮』的話，怎麼現在忽然改變了？」

「肚子空我受不了，再說，孩子們也不能老叫他們挨餓呀。」

門口的雞一陣亂叫，向着桑樹的頂上飛去，這告訴他們外面有客人來了。

「五老！五老！」進來的是一個高個子，衣服很講究，聲音洪亮。

「哦，延年！請坐，請坐。」五柳先生向客人招呼，這位客人是他很要好的朋友顏延年，也是一個文學家，年齡比他輕，是後輩。

「顏叔叔，請喝一杯茶。」五柳太太端來了茶，客氣地說。

「哈，五老，」客人向女主人點一下頭，隨後看着五柳先生，高聲地笑着說：「您那篇『閑情賦』眞是要得！哈哈！豔麗極了，大家都喜歡這類的文章；您以後如果多寫些這樣的作品，您的名氣就會更大了。」

「可是，我所寄託的意思，人家不見得都能夠領會吧？」五柳先生感慨似地回答說。

暫時的沉默。

「在這個年頭兒，清淡自然的詩，理想高遠的文章，都不大被人們歡迎哩。」

「對啦，所謂『曲高和寡』啊。」

「啊，聽說，」客人忽然換了話題，「上頭有命令要您去做著作郎，您現在的生活這樣困難，身體又衰弱多病，爲什麼不去接這個差事呢？」

「你知道我一向是不肯妥協的呀！在目前的環境裏，我只有安分守己，我所以寧可拉緊褲帶，挨餓到老。」

「這叫做『安貧潦倒（樂道）』呀！」五柳太太插嘴說。

客人看看五柳太太的臉色，知道自己剛才的話說得不大好，恐怕因此引起他們夫妻兩人的吵架，就連忙用別的話岔開了：

「您近來還喝酒嗎？」

五柳先生指着貼在壁上的「止酒詩」，用着堅決的語氣說：

「我已經戒酒了！這『杯中物』本來簡直是我的命，假如一天不喝酒，我就會覺得不快樂，晚上睏也睏不着；可是以前我只知道不喝酒使我不快樂，却不知道戒酒對我的身體有益處，現在忽然覺悟了這個道理，所以就戒掉了。老弟，你要知道長醉不在乎酒啊！」

「五老，您的妙語眞是層出不窮哩，」顏延年拿起茶杯，啜了一口茶說：「您過去喝醉了酒，要睡覺，就會下逐客令，哈哈！今天雖然不下逐客令，可是我還有點小事，馬上得走了。」說着就起身走出屋子。

「今天不留你喫中飯啊，沒有菜！」五柳先生跟在客人的後面，率直地說。

客人走後，五柳先生靠在窗邊一張臥榻上，翻着一本「山海經」。

窗外梧桐樹的枝條上，還留着稀疏的葉子，風一颳來，幾片葉子輕輕地掉下來了，盤旋着，蹁躚着，最後掙扎着，終於慢慢地落在地上。溫暖的陽光，把錯落的樹影，照進屋子裏來，風搖動樹枝，影子跟着搖晃，有點使人眼花。他的第二個兒子阿宣在院子裏劈柴，霹靂地響着，這聲音似乎使病後的五柳先生增加了許多活力。

「這麼好的天氣！」他想：「獃在屋子裏太可惜了！我要到田野裏散散步。」於是他就拿起枴杖，走出了柴門。

在廣闊的原野裏，才能夠眞正領略秋高氣爽的風味。天空是無窮盡的藍色，有幾片白雲在飄浮着，更顯得天空的蔚藍。遠處，可以看見小小的村莊，淡淡的炊煙上升着，繚繞着。一個人回到自然的懷抱裏，一切的俗累世慮立刻都要消失淨盡了。五柳先生覺得心曠神怡，身體飄飄然地，在一條狹小而乾淨的田塍上漫無目的地走着。稻田是一片黃色，結着無數的稻穗，向下面掛着，秋風吹過來，像波浪似地起伏着，放出輕微的香氣。他不禁想道：「這些稻子是多麼可愛啊！牠使得農夫們的肚子飽，帶給人們無上的幸福。衣和食是人生根本的問題，要解決這個根本問題，就得努力種田。隱居山林中的人，不應該遊手好閑，整天的嬉遊，會帶來災禍，疾病；種田雖然辛苦，但是早出晚歸，弄得筋疲力盡，却會使人健康，快樂。一般人以爲我辭掉官兒，回到田園裏，是偷懶，貪圖舒服，這些人眞是不了解我。……」

一邊想着，一邊走着，也不知走了多少路程。

忽然，五柳先生的肚子裏咕嚕咕嚕地響起來了。早上只喫了一碗稀飯，這時候應該是餓了吧，他一想到「餓」，肚子裏立刻覺得非常難過，身體有點發抖，汗都流出來了，好像「打擺子」又要發作的樣子。他擡起頭來看看，南山依然安靜地在前面矗立着，村莊却距離不遠了，可以淸淸楚楚地聽到狗叫的聲音，他抖擻了精神，拄着枴杖，向着村莊那方面走去。

他在兩扇紅漆的門前，停住了脚步。

嘭——嘭——嘭！他敲着門。

大門開了，走出一個胖子，面貌一團和氣，問道：

「有什麼貴幹？」

「…………」五柳先生說不出話來，花白的鬍子微微地顫抖着。

「哦！」胖子主人恍然大悟似地說，「您不是陶居士嗎？我倒認得您，請屋裏坐吧。」

五柳先生點點頭，跟着主人進了屋子。

「這時候正是中午，就在舍下喫便飯，好嗎？」主人親熱地說。

「好！」五柳先生毫不客氣地回答。他向來的脾氣是坦白而且隨便，遇到人家請他喝酒，高興時就不推辭，可是不喜歡客套，甚至於連人家的姓名也不問一聲。

他已經戒掉酒，這次只好破戒了。這些酒飯魚肉，對於病後的人確是大有用處。他們雖然是初交，却一見如故。他們有說有笑，談得很投機：談到桑麻，割稻，談到古今聖賢，奇文異書，又談到遊山玩水，喝酒作詩。……五柳先生的面孔紅紅的，與致非常地好。

喫完了酒飯，主人拿出一張白紙，向五柳先生說：

「陶居士，請您題一首詩，給我留作紀念吧。」

五柳先生稍微想了一下，就拿起筆來，用飛舞的草書在那張白紙上寫了一首詩，詩的題目是「乞食」。

傍晚時候，五柳先生回到了自己的茅屋。

大兒子阿舒正在屋簷下面洗脚，老二阿宣坐在門檻上磨着預備割稻用的鐮刀。

「爸！又有什麼人請您喝了酒啦！」最小的兒子阿通天眞地嚷着。

「唔——。」他答應了一聲。

夕陽由西窗照到屋子裏，金光燦爛。五柳先生在撫弄着那張沒有絃的古琴，一面心裏想道：「古人說：『君子憂道不憂貧。』這句話眞正不錯啊！我雖然一輩子窮困，飢餓，可是我的詩和文章可以長久地流傳下去，……環境會改變的，我的理想也許終於能夠實現……」

他微笑着，彷彿到了「忘言」的境界。

# 三寸舌

裹着綁腿，穿着草鞋，挑了一些破書，蘇秦長途跋涉，僕僕風塵，到了家門口，已經是下半夜了。

洛陽城裏雖然有巍峩的宮殿，整齊的房屋；但是在城外實在汚穢不堪，這是貧民的集中地區。七零八落的建築物，東倒西歪，用蓬草桑條編門，以破甕口做窗，像破敗的蜂房。彎彎曲曲的小路上堆着垃圾和壓土，在月夜裏呈現出模糊的輪廓，風吹過來，就聞到一陣陣酸腐的臭氣。蘇秦的家就在這樣的陋巷裏。

「家裏的人老早都睡了吧？」他想，他看那前門緊閉着，不敢打門。幸虧這時正是七月半中元節，夜裏的氣候很舒適，他就把行李和破書放在屋簷下泥地上，打算就在這裏休息一下，等待天亮後才進去。

「到處碰釘子！」他望着西斜的月亮，自言自語地說。趙國的李兌門客曾經勸李兌用棉花塞住耳朶，別聽他的花言巧語，因此弄得英雄無用武之地。後來總算還好，送他一筆旅費，一套黑貂裘，讓他遠遠地到秦國去。他向秦王十次上書，秦王並不採納他的意見，只推說：「羽毛尙未豐滿的，不可以高飛。」他在秦國逗留久了，金子花光了，黑貂裘也穿破了，沒有辦法，只好倦鳥知還，回到了老家。

咿～～～軋～～～！

蘇秦靠着破書，朦朦朧朧地睡着了，忽然被開門的聲音驚醒，天已經亮了。

「哼！喪家狗……」開門的是他的嫂嫂，她一看見蘇秦，穿着破舊的衣服，樣子憔悴，面孔又黃又黑，立刻裝出不瞅不睬的態度，轉身就進去，隨手掩上了門。

自卑感使得他不敢開口，慢慢地背起行李和破書，硬着頭皮推門進去，這本來是他的家，現在却變成生疎了。

他知道嫂嫂向來是最勢利不過的，不料他向爸媽、兄弟行禮招呼，他們也是一樣冷冰冰的，好像陌路人。喫早點的時候，也沒有人叫他喫。他看見桌上擺滿了大餅、油條、豆腐漿……，覺得飢餓難熬，又不好意思自己上桌喫，只得等他們喫完了，才躲到後面廚房裏，拿一些剩下來的大餅充飢。從前面的屋裏傳來一陣陣的嘲訕冷笑聲，使他的內心感到非常慚愧，恨不得登時鑽到地洞裏去。

夜裏，他怎麼也睡不着，在床上反側着，左思右想。他從前跟鬼谷先生學縱橫之術，苦學了十年，人家笑他是一個書獃子，不知如何求財逐利，榮華發達，只會空口說白話，活該一輩子做窮鬼；但是他對鬼谷先生很有信心，他不願意辜負先生的一片教導苦心。他想：嫂嫂不叫他喫飯，兄弟不理他，爸媽不跟他說話，這都是他自己不好，——就因爲他沒有本領呀！

反正睡不着，索性起來，點着油燈，連夜把竹箱裏被蠹蟲穿孔了的書都找出來，翻閱很久，翻出了幾本鬼谷先生送給他的異書：太公陰符經、金匱書、辛甲書、六韜……。他想再用苦功仔細攻讀。

從此他把自己關在一間小房間裏，日夜研讀深思，把那幾本書都翻得稀爛了。這個斗室，又湫隘，又黑暗，白天蒼蠅成羣飛鳴，有幾個不斷地在他的臉上舔，夜晚蚊子咬他的脚和腿，老鼠跳梁示威：可是這一切都不能使他分心。清早，他泡一碗薑湯來暖胃提神；夜深疲倦得要睡，就拿一把鑽子刺自己的大腿，血一直流到脚上。

過了一年，蘇秦的「揣摩」術成功了：他可以揣度國王的意思，投其所好，而且要言不煩，再不像過去那樣囉哩囉唆，大做其文章。他很有把握似的說：

「憑這三寸不爛之舌，怎麼得不到金玉財寶，卿相的地位呢？我相信現在我眞的可以遊說當代的國王了！」

趙王的宮殿是又高大又華麗，一眼看過去，深深沉沉的，容易使人迷失方向。蘇秦被衛兵帶進去見趙王。他今天穿了一套簇新的衣服，頓時覺得精神百倍。

「你有什麼話，不妨說來！」趙王先開口，有點不耐煩。

「國家大事，宜守祕密，可否先叫左右的人迴避，然後容臣奏聞。」蘇秦極其恭敬地回答說。

趙王立刻命令左右的人一律退避。

「現在崤山以東的國家，沒有比趙國强。」蘇秦用淸晰而有頓挫的聲調說，偶然輕輕地拍着手，「趙國有二千里的土地，幾十萬的兵士，千輛的戰車，萬匹的良馬，糧食足够支持十年，所以秦國最忌趙國，然而却不敢攻打趙國，這是什麼緣故呢？因爲怕韓、魏兩國在後面搗亂啊。假如韓、魏向秦國屈服了，趙國就危險了。臣拿天下的地圖來細看，六國的土地，比秦國大五倍，估計六國的兵卒，應該比秦國多十倍。如果韓、魏、齊、楚、燕、趙六個國家團結起來，一齊向西邊攻打秦國，秦國哪有不敗之理？」

「假如諸侯之中有畏首畏尾，不肯履約的，怎麼辦呢？」趙王點點頭，問道。

「倘或有一個國家背了約，其他五個國家就共同攻它，哪裏還會不依的？這樣，霸業就可以成功了。」

「上客這話講得很對！」趙王喜逐顏開地說。「我的年紀輕，臨政的經驗淺，如今聽了你這番安國長計，茅塞頓開。」

趙王馬上任命他做國相，封他爲武安君，又賞賜百輛車子，千匹錦繡，百對白璧，千鎰黃金，讓他帶了去，和諸侯聯絡。

蘇秦到了韓國，對韓王說：

「俗語說，『寧爲雞口，無爲牛後。』現在韓國屈服於秦國，豈不是跟在牛屁股的後面嗎？」

「誰說我們怕秦國？我願意聽從趙王的指揮。」韓王氣得睜大眼睛。

蘇秦又到魏國，對魏王說：

「大王輕信姦臣的話，割地巴結秦國，是非常不合算的。」

「好！我們接受趙王的建議。」魏王回答。

他又東邊到齊國，對齊王說：

「齊國既强大，又遠在東方，原不必有所畏忌，爲什麼也向秦國低頭呢？」

「敝國遠在海邊，消息不大靈通，致有此失策。」齊王客氣地同意了。

他又到了南方的楚國，對楚王說：

「秦國和楚國勢不兩立，合縱的局勢成，就楚强秦弱；假如連橫的局勢成，就會秦强楚弱了。」

「敝國西邊靠着虎狼似的秦國，因此我常常提心吊膽，臥不安席。如果各國能够同心合力，眞是求之不得呢！」楚王看各國都同意了，自然也就贊成。

南北奔走的結果，合縱的局勢搞成了，蘇秦做了縱約長，掛着六國的相印，好不威風。

消息傳來，蘇秦從楚國回來，要路過洛陽。他家裏的人連忙準備歡迎他：趕快修理並打掃房子，清除門口路上的垃圾堆，備了一班樂隊，擺了好幾桌酒席，一家人到城外三十里地方去迎接。

從早上等到晌午，才看見叢林那邊有許多車輛馬匹過來了。末後一輛車子裏坐着蘇秦，兩隻手靠在車前橫板上，得意揚揚，臉上紅光煥發，似乎比以前發福了。這時，萬頭攢動，人們向他歡呼，他的家人也跟着叫喊。

那條陋巷裏擠滿了人，眞是水泄不通。人羣中議論紛紛，無非是一些羨慕讚歎的話頭。

「老兄，你看，他的鼻子生得多端正，眞乃大富大貴之相，所以會掌印把子。」

「老弟，我看不然，他的相妙處全在一張闊嘴，海闊天空，哈哈！怪不得會發迹。」

「呸！嘴闊有什麼用？木魚嘴闊，却被人敲打。」

「媽的，誰要聽你胡說八道！你有口才，何不去謀一官半職做做呢？」

「迴避！迴避！」兵士大聲喝着，蘇秦坐的車子已經到了家門口。

家人對他必恭必敬，彷彿天神下降，眼睛不敢正看他，歪着耳朶細聽。他的嫂嫂嚇得屁滾尿流，趴在地上，像蛇似的爬行着，拜了四拜，向他謝罪。

「嫂嫂，」蘇秦故意地問，「爲什麼你以前那麼驕傲，現在却這麼客氣呢？」

「因爲您做大官又發大財啦！」

「唉！」蘇秦嘆了一口氣，道：「一個人，窮了連父母都不把他當兒子；富了，貴了，親戚們都會怕他。人活在世上，怎麼可以不求名求利呢？」

歡樂的洗塵酒宴喫到一半，忽然衛兵通報：有一個自遠方來的客人求見。

「師兄，您還認得小弟嗎？」來客是一個瘦長的漢子，樣子有點寒酸。

「唵？………」蘇秦似乎不認識這個客人，現出冷淡鄙夷的態度。

「我就是張儀，我們從前同在鬼谷先生的門下……」

「是的，我記起來了，鬼谷先生還誇獎過你的。」蘇秦打斷了客人的話。

「常言道：『水漲船高。』所以我不遠千里來拜訪，希望您能够給我提拔提拔，感荷不盡。」

「像你的才能，」蘇秦給他的同學當頭澆一桶冷水，「竟弄得這樣沒出息！我不是不能提拔你，只怕辱沒了鬼谷先生呀。」

張儀聽了，心裏非常氣忿，他想：「這小子妒忌我，眞可惡！翻臉無情。」但是口頭還敷衍幾句，就走去了。

到哪裏去呢？六國都在蘇秦的勢力之下，沒地方可以容身，只有西邊到秦國去一條路。他決心要報復，不分日夜急忙向函谷關投奔。

出了雄固險要的函谷關，張儀的盤費用光了，只見關外黃塵滾滾，人地生疏，不知道怎麼辦才好。幸虧在旅店裏碰到一個商人，是和他同路的，自己說姓賈名財發，最近生意做得順利，手頭兒很寬裕，願意借他一點金子，並且時時照顧他，因爲他知道張儀不久總有飛黃騰達的一日，到那時候再還他金子不遲。張儀眞是萬分地感激。

到了咸陽，居然有機會去見秦王。張儀說：

「蘇秦做了六國的縱約長，他是我的同學，只有我能够破他的合縱：攻趙滅韓，克服楚、魏，連合齊、燕。請大王聽信我的計謀，倘或合縱不破，可砍掉我的頭。」

秦王聽了很高興，立刻封他做客卿。

第二天，姓賈的商人向張儀辭行，要回洛陽。

「我還沒有報答您的大恩吶，」張儀誠懇地說，「我已經做了官，正想酬謝，怎麼就走呢？」

「您不必酬謝我，幫助您的人是蘇君，他恐怕秦國攻打趙國，破壞了縱約，所以故意激怒了您，又派我暗中資助您，使您遠去秦國做官，完成他的計謀。現在任務已經完畢，我要回報蘇君了。」

「哦！」張儀恍然大悟，說，「我竟掉在他的圈套中了，可見我的本領不如他。你回去請替我謝謝蘇君，告訴他：他上臺的時候，我怎麼敢倒蛋呢？」

張儀並沒有遵守他的諾言，蘇秦弄巧成拙，不得不從趙國到燕國去活動。

朔方的冬天，積雪凝寒，天色陰沉沉的，北風怒號着，偶然又聽到壓在枯樹枝上的雪被風刮下來淅颯的聲響。將近中午了，蘇秦躺在炕上，還沒起來。

「哥哥！」蘇代進來，喊着，「你昨夜喝得大醉啦。」

「咳！近來不如意的事情太多」，爛醉得不省人事，倒也痛快。」蘇秦酒醉雖然醒了，還覺得有點兒頭暈。

「張儀太忘恩負義，破壞了縱約。」

「他本來是陰險的，詭計多端。」

「你看燕王怎樣？」

蘇秦沉思着，沒有回答。

「太夫人對你很不錯吧？昨夜你就在她宮裏喝醉了酒……」弟弟微笑着。

「是不是你聽到了什麼話？」

「流言很多，說太夫人是淫蕩的女人，你跟她私通，有野心……。」

「燕王雖然對我很恭敬，可是目前處境極不利，無論如何，我非離開此地不可了。」

當天下午，蘇秦跑到燕王那裏，說：

「我在燕國，不能使燕國有好處，假如我到齊國，倒會使燕國有好處。」

「一切聽憑先生的意思。」年輕的燕王直爽地回答說。

蘇秦假裝得罪了燕王，跑到齊國。

齊國地在海濱，不比燕國是寒苦之地。臨淄城街道廣闊，但是車輛行人很擁擠，輪轂相擦，肩膀相摩。店鋪裏陳列着各種的貨色，魚蝦海味，雪白的鹽，緋紅的棗子，布帛皮裘等等，確是富裕的地方。

齊國正遭遇國喪，不久幼主即位。幼主久聞蘇秦的大名，一見他就重用他，和他商議國家大計。

蘇秦希望齊國別攻燕國，就勸齊王說：

「建國之道，最要緊的是繁榮和富足。當今之計，宜注意觀瞻，廣造宮室苑囿，人民自然會畏服。管敬仲所謂『下令如流水』，就是指此。」

齊王想：且等待喪服過了，才可以大興土木。

不料有一個夜晚，蘇秦赴宴回來，剛到賓館門口下車的時候，突然對面有一個黑衣人衝過來，猛撞了一下，後面又鑽出一個黑衣人，在蘇秦的腰腹部刺了幾刀，血流如注。僕人們即刻趕來救援，刺客已經逃得不知去向了。

齊王得到這個消息，馬上派了御醫趕到蘇秦的賓館，替他診治。

「我的傷勢……沉重，」蘇秦對御醫低聲地說，「恐怕不會好了。請你稟告齊王，在我……死後，車裂我的屍體，丟棄街市上，說：蘇秦是燕國的間諜，企圖叛亂的罪犯。這樣刺客就可以抓到了。」

蘇秦死了以後，齊王照他的話一一做了，果然刺客自己出來承認行刺，爲的是想得賞。就在刺客被斬決的那天，埋葬了蘇秦的遺體。

三寸不爛之舌，留給後世的到底是什麼呢？

# 忙裏偷閑

忙碌的生活使人奮發前進，悠閒的生活使人安靜沉思。

有人歌頌閒暇，說：

「閒來無事不從容。」

不記得在那一本筆記裏看到這樣一段記載：有一家大門口種着一棵大樹，堪輿家說，大樹正對大門口不利，應該把牠砍掉，主人却囘答說：

「木在門當中成了一個『閑』字，不是很好嗎？」

這一派人，想避開人世的紛擾，承認閒暇至上，他們多是隱士或哲人；可是太閒了，整天無所事事，心情懶散，好像出了氣的燒酒，也沒什麼意思。古人所謂「無事此靜坐，一日似兩日，若活七十年，便是百四十。」這種枯燥單調的生活，簡直是「度日如年」，日子雖然曼長，請問有什麼用處呢？

適應於忙碌的生活，是勤勞的性格，勤勞是美德。大禹治水，在外面許多年，三次經過自己的家門不敢入內。墨子爲了幫助弱小的國家，急忙地奔走，脚底起了厚趼，還不休息。嵇康常在院子裏的樹蔭下打鐵，有貴賓來也不理他。陶侃每天在搬運磚頭，以免染上了懈怠的習慣。託爾斯泰上午寫作，下午常要做皮鞋。佛蘭克林每天工作八小時，讀書四五小時，還要整理東西，看賬等等，做事有一定的時間。林肯年輕時候赤着脚走了十二里路去借一本書，他一邊耕田，一有空就看書。愛迪生睡到半夜又起來埋頭研究，工作了幾個鐘頭然後再睡，恐怕多睡浪費了時間。曾國藩在軍隊裏，還是照常地讀書，寫日記，寫家書，寫字。梁啓超病了住醫院，却拚命寫文章，比平時更忙。……這些名人的偉大不朽，就建築在勤勉忙碌的生活上啊。

對於沒有修養的人，空閑往往會引來銷沉和愁悶，甚至於墮落。

孜孜不倦的人，沒功夫去憂悶；遊手好閑的人，所得到的只是寂寞空虛；不愛惜時間的人，會徒傷老大；不去耕種，會有收穫嗎？具有野心而不肯努力的人，終於是一事無成的；不滿意現狀，空口慨歎的人，結果會有什麼改善嗎？逸豫散漫的生活，將阻礙了進步，虛擲了歲月。

然而世上的人們，究竟忙碌的居多，淸閑的較少。他們忙於謀取衣食，忙於發明製造，忙於求名求利，忙於享樂陶醉，忙於鈎心鬬角，忙於你爭我奪。忙碌雖然利多弊少，可是太過了，容易使人緊張忽遽，粗心暴躁，使人變成一架機器，沒空兒深思遠慮，並且會損害了健康，縮短了壽命。

最好是工作完畢後的舒暢閒遊，來一番對於身心的調劑。人們的心情常是這樣的：靜極思動，動極思靜。冗迫的時候，會思念淸閒的生活，而這種願望往往沒法達到。因爲工作是做不完的，你如果做得又快又好，就又有更多的事情加到你的身上來，你越忙時，越有人要找你，你已着手的工作還未完成，另外的工作又要開始了。所以繁忙的人永遠是繁忙，得不到暫時的輕鬆和休息。

我曾經認識一位祕書某君，他在某機關裏當主任祕書，辦事非常仔細負責，什麼事都非自己處理不可，因此下班的時候，總是挾了一大包的公文回家辦理。休息的時間內，他仍舊在工作。他老是愛說：「趕緊把牠做完吧。」他的背有點兒駝，頭髮自然較早地花白了。他活不到五十歲竟死了。

過着現代緊張生活的人們，我想提醒你們，忙裏偷閒，苦中作樂，對你們是有益處的啊。

夜晚，你的心緒正非常惡劣，工作進行得不順利，抽了一會兒烟，喝了幾口濃茶，並不能使你的精神愉快起來，但是你又不想去睡覺。這時候，你的一位老朋友來找你了。他提着手杖，與匆匆地來，高聲喊着說：

「月色這麼好，你獃在家裏做什麼？快跟我出去遛遛呀！」

於是你跟着他出去了。外面月色如水，一切的景物好像浸在透明的積水中，那些樹木枝葉的影子，像是許多的水藻交錯着，月光使大地變得嫵媚誘人了。你們在水邊漫無目的地走着，驚歎月色的神奇，好景的難遇。你們海闊天空地談論着，互相傾吐衷曲。一直到深夜才回來，你變成樂觀了，覺得一切難題都容易解決。我猜想你那一夜一定睡得很熟。

所有的事情，要放下都可以放得下的。對於無可奈何的事，「不了了之」也是辦法之一。過分的性急，其實是不必的，有時候反而害事。長期的緊張和操勞會毀了你，像琴絃一樣，老扭緊永不放鬆，容易斷絃。你紛亂的頭腦需要暫時冷靜一下，然後再去解決事務上的糾紛，必定較有效果。半天的登山臨水，或者片刻的淸茶閑話，對於忙人們是一帖淸涼劑。其他如打球、游泳、划船、下棋、種花、養鳥，……種種的臨時活動，各隨你的性之所好，都不失爲對症的良藥。

不過我得聲明，「偷閒」「活動」這些話，只是對過度忙迫的人們而說的，至於對那些有閒階級，用不着再來提倡，因爲他們在這一方面所知道的，或經驗的自然比我多呀。

# 快樂

法朗士（Anatole France）有一篇小說，寫一個大臣奉命替國王編一部歷史書，費時太久了，等到書編成呈獻給國王的時候，國王已經衰病將死了，他對大臣說：「你把書裏的大意用幾句話簡單地說給我聽吧，因爲我將要死了，已經沒法看這部書了。」那大臣回答說：「人們生來，受着苦，最後死了。」法朗士的意見固然是不錯的；但是在艱難辛苦的人生道上，也不是沒有樂趣可尋，這要看你的處世的態度怎樣而定了。

悲觀的詩人慨歎着說：

「南山塞天地，日月石上生。」（孟郊遊終南山詩）

又說：

「出門卽有礙，誰謂天地寬？」（孟郊贈別崔純亮詩）

他的胸襟太狹窄了，簡直是到處碰壁。樂觀的詩人的看法就不同了：

「悲風愛靜夜，林鳥喜晨開。」（陶潛於下潠田舍穫詩）

試想，在靜寂的夜裏，傾聽着風淒淸地呼號，是很有詩意的；淸晨枕上聽着窗外樹枝間鳥兒啁啾地叫着，多麼令人喜悅，充滿着希望。這些樂趣、生意，到處可以找尋。倘或是悲愁的人，看見花開反而流淚，聽到鳥聲也會傷心了。

高爾斯密斯（O. Goldsmith）說：快樂靠着人們的性質。一個人在公園裏散步，忽然一陣狂風吹落了他的帽子，在地上急滾着，他在後面追逐着。……這有什麼可以懊惱呢？有什麼覺得可笑呢？人們在追逐一個球，或者女人，不是一樣的情形嗎？

晉書上記着桓溫的參軍孟嘉的故事，也有點相似。九月九日重陽節，桓溫在龍山上舉行宴會，僚屬都去參加，山風吹來，把孟嘉頭上的帽子吹下來了，他自己還不覺得。桓溫叫僕人們別告訴他，看他怎麼樣。後來他出去到廁所回來，桓溫才叫人把帽子還給他，又叫文士寫文章嘲笑他。他回到座位上，立刻寫了一篇文章答覆他們，文詞非常美妙，一時傳爲佳話。輕鬆愉快的心情，往往會使得尷尬的事情順利如意。

我曾經在一本雜誌裏看到：有一個青年，做生意不到幾年就成了大老闆。人家問他成功的祕訣是什麼，他回答說：他常常使別人快樂，所以人們都樂意幫助他。不錯，當人們心花怒放時，什麼事情都容易答應了你的。可是，你想使別人快樂，你自己就得先有快活的心情。一見面就咳聲歎氣的人，準不會有什麼出路的。

躁急易怒的人常是自尋煩惱。世說新語忿狷篇記載着：王藍田（卽王述）的性子很急躁，有一次他喫雞蛋，用筷子一夾，夾不到，不禁大怒，就把雞蛋丢在地上，雞蛋却在地上不住地打滾，他更氣了，用木屐去踏牠，又踏不到，於是氣得更厲害了，他用手把雞蛋撿起來，放在嘴裏咬破了，然後再吐掉。

同書雅量篇記着具有相反性格的人的事情：一班名流到征虜亭替支道林送行。蔡子叔（名系）先到，靠近道林坐着，謝萬石（名萬）後到，坐得遠一點。蔡子叔起來出去了一會兒，謝萬石上去佔了他的位子，蔡回來看見謝坐在他的位子上，竟把謝連人帶坐墊擲到地上，自己又坐在原來的位子上。謝的帽子掉了，他於是爬起來整整衣服，戴上帽子，神色很平靜，好像滿不在乎的樣子。他重新坐好，對蔡說：「你眞是奇人，差一點要摔破我的面孔呢。」蔡回答說：「我根本就不顧到你面孔啊。」事後兩個人也都不介意。

寬大容忍的性質是快樂的源泉。古人說，「忍事敵災星。」非常有道理。寬容正直的人，常常是一帆風順。忌刻褊急的人，不一定有好的下場。孔子的學生記載孔子日常閒居的情況說：

「子之燕居，申申如也，夭夭如也。」

注解說：「申申，其容舒也，夭夭，其色愉也。」這可見聖人平時生活是寬舒愉快的。

培根（Francis Bacon）說：

「最理想的長壽方法，是在飲食、睡眠或運動的時候，都毫無掛慮，心情愉快。……要滿懷着希望；與其在心裏高興，不如哈哈大笑。」（論養生之道）

愉快的心情對人們的健康有極良好的影響，這是許多人都知道的，至於像「憂喜不留於意」「忘歡而後樂足」那些玄妙的道理（見嵇康養生論），那是較有修養的人才能夠領悟，不是一般人都能體會的了。

富足並不一定使人快樂，在窮困的環境裏也可自得其樂。梭維斯特（E. Souvestre）在一本名叫「屋頂間的哲學家」的書裏這樣寫着：

「那小小的家庭從來沒有參加過這樣的饗宴！我們擺上食具，我們坐下來，我們吃着，這對於大家都是完完全全的快樂。……我不過帶來了晚餐，製造紙盒的老婦人和她的小孩們供給了歡愉。……我對於苦人容易忘掉他的窮苦一直受着感動。慣於靠着現在生活的苦人，只要遇到快樂便能夠利用。有錢的人給習慣弄得萎靡了，便比較不容易感覺到快樂，他要有時間和種種舒適才會覺得幸福。」（樓頂間的年禮篇。據黎烈文先生譯文。）

作者借一個窮哲學家發揮悲天憫人的懷抱，同情窮人們，說窮人也有他們的樂趣，而且勝過富人。戰國策齊策引處士顏𩕳的話：

「晚食以當肉，安步以當車。」

也極能夠說出貧窮生活的樂趣。當你肚子餓的時候，就是喫青菜黃豆，也跟魚肉一樣地有滋味，肚子飽的時候，桌子上擺滿了海鮮野味，也懶得下筷子去夾。出去沒有車子坐，如果慢慢地散散步，一邊欣賞欣賞沿路的景色，也就會忘了走路的疲倦。像顏𩕳那樣的人，眞可以說是一個「巧於居貧」的隱士啊。

尋求快樂的方法有許許多多種，大略可以分爲清淡的和庸俗的兩類。如遊山玩水，運動比賽，讀書吟詩，琴棋書畫……等屬於清淡類；酒食宴樂，博戲馳逐，聲色狗馬……等屬於庸俗類。清淡的快樂雖然不爲一般人熱烈追求，但於人有益，帶給人們幸福；庸俗的快樂，容易使人耽溺喪志，陷於不幸的境地。

總之，快樂和痛苦原是相對的，苦中有樂，樂中有苦，盡情享樂的人往往得到痛苦，喫苦耐勞的人反而會得到安樂，所以要「苦盡甘來」，才算是眞正的快樂。

# 逝水

當你珍惜時間的過去，那段時間已經不再存在了，牠只留在你的記憶裏，隨後慢慢地淡忘，或者全部忘却。所謂「年光倒流」的事，只能當作夢想，恐怕永遠不會實現的吧。造物者賦予人們的生命，是那麼短促，有限，平凡的人（當然不是指那些天才豪傑之士）又往往不知道利用，生存的時候等於「行尸走肉」，死了就和草木同朽腐，不過經歷了「生老病死」的階段，匆匆地了結此生。

水滸傳自序開首說：

「人生三十而未娶，不應更娶，四十而未仕，不應更仕，五十不應爲家，六十不應出遊。何以言之？用違其時，事易盡也。朝日初出，蒼蒼涼涼，澡頭面，裹巾幘，進盤飧，嚼楊木，諸事甫畢，起問可中，中已久矣。中前如此，中後可知。一日如此，三萬六千日何有？以此思憂，竟何所得樂矣。每怪人言，某甲於今若干歲。夫若干者，積而有之之謂。今其歲積在何許？可取而數之否？可見已往之吾悉已變滅。不寧如是，吾書至此句，此句以前已疾變滅，是以可痛也。」

這篇序見於七十回本水滸傳，題「東都施耐菴撰」，據周亮工書影說，是金聖歎（人瑞）冒託施耐菴的作品。就這篇文字的奔放超脫和愛用佛家語的風格看來，確像是金聖歎所作。如「嚼楊木」，指用牙籤，佛經中稱牙籤爲「楊木」。三十不應更娶，四十不應更仕等說法，由現代的觀點來衡量，也許有點不合，可是他指出時間的迅速消逝變滅，眞使人驚心動魄，誰也無可奈何。

古人把時間比作滔滔汩汩的流水，眞是非常確切：

「逝者如斯夫，不舍晝夜。」

這是多麼含有詩意，又是多麼使人激勵警惕的話。水奔流着，日夜不停地流去，光陰的消逝，跟不息的流水有什麼不同呢？

達觀的詩人啓示我們說：

「盛年不重來，一日難再晨。及時當勉勵，歲月不待人。」（淵明雜詩）

理學家程子說：

「學如不及，不得放過，才說姑待明日，便不可也。」既然知道時間易逝，自然應該特別愛惜牠，不把牠浪費。與其到後來慨嘆悔恨，不如抓住現在，不得放過。

我的一個畏友曾經告訴我說：年輕時候不免自負，覺得來日方長，常說文章千古事，必須等待三十歲以後，閱歷較深，方可執筆。忽忽間十多年過去了，他已經到了中年了，但是文章還沒有寫成。閱讀別人的作品，只有增加自己的羨慕懺悔的心情。這是痛心的經驗之談。

金聖歎在西廂記讀法裏說：

「僕嘗粥時欲作一文，偶以他緣不得便作，至於飯後方補作之，僕便可惜粥時之一篇也。此譬如擲骰相似，略早，略遲，略輕，略重，略東，略西，便不是此六色。而愚夫尙欲爭之，眞是可發一笑。」

這一段話很能說出「及時」「乘勢」的重要，不但寫文章如此，就是一切的事沒有不是這樣的。趁着機會就趕快做，往往一帆風順，倘若時機一失，即使苦苦追求，也常是徒勞無功的了。因爲他們能夠作這樣的看法的，多半是「過來人」，有些「春秋正富」的人，會忽略不理的。因爲他們想：「後生可畏」，他們的成就，無論如何總可以超過前一輩的人們。但是事實上，以年輕自負而不肯努力的人，未必有多少成就，時過境遷，不久也許就要自傷老大了。

假如常常想到「逝者如斯」這些問題，你的人生觀或許就不同了。早上醒來，因爲怕時光溜走，不敢再在被窩裏留戀，一骨碌就起身了。歡宴閑遊流連忘返的時候，一想到良時易失，就會停止嬉娛，專心繼續做正經的事情了。試想，站在時間的急流裏，你還會有優遊懶散的餘地嗎？還會覺得生活太無聊而無可消遣嗎？你就非夜以繼日汲汲惶惶不可了。

詩哲泰戈爾（R. Tagore）告訴世人：

「時間是變更的財富；但時鐘的哼着諧詩，單只是變更，並無財富可言。」(飛鳥集一三九)

把時間比做財富，就是中國古語所謂「尺璧非寶，寸陰是競」的意思。時鐘輕響着，意指時間的消逝，因爲時間的財富是沒法積存啊，所以你得好好地利用牠。

世人往往嘆老嗟貧，這是大毛病。徒然感慨日月的蹉跎，不如及時振作。「臨淵羨魚，不如退而結網。」確是明智的見解。怨恨，傷悲，懊悔，沮喪，這樣對你不會有益，而且有害。你應當擡起頭來，朝前面看啊。

說苑建本篇記載晉平公跟樂師師曠的問答話：平公說，他年紀七十歲了，要學習恐怕已經太晚了。師曠說，爲什麼不炳燭呢？平公說，「炳燭」是什麼意思啊？是不是開玩笑？師曠說，盲臣怎麼敢向君王開玩笑呢？他接着解釋說：

「少而好學，如日出之陽，壯而好學，如日中之光，老而好學，如炳燭之明。炳燭之明，孰與昧行乎？」

老年人雄心未死，還可以奮勉有爲，中年少年人，怎麼可以銷沉自棄呢？聰明而善良的朋友們呀，保持着春天的活力，別讓樹葉的綠色早期消褪，促使芬芳的花朵結成纍纍的果實，莫讓時間的洪流把一切冲毀。

# 損人害己

寒花墜露

以前在家鄉的時候，走路常常踏到中藥渣，我很奇怪：爲什麼人們不把藥渣倒在溝裏或路邊，偏要倒在路當中呢？深於世故的人告訴我其中的緣故，說是有病的人家，把藥渣倒在路上，被過路的東西南北人踹踏着，那病會傳給了別人，患者就可以霍然痊瘉了。這種損人利己的心理，是非常卑鄙而且可笑的，這情形雖然現在似乎沒有看到了，可是類似的事情，還是不會絕滅的。

有的人奮發有爲，心地是光明磊落的；有的人幸災樂禍，心地是猜忌陰險的；這是善跟惡的分野。佛蘭克林（Benjamin Franklin）有一篇輕鬆而含有機智的短文，題目是「美腿與醜腿」，說他有位研究哲學的朋友，飽經世故，他的一條腿長得好看，另一條却因曾逢意外事件而變成畸形，他就利用他的兩條不同的腿，去測量人們的脾氣的好壞：

「陌生人初次和他見面，如果對他的醜腿比對他的好腿更爲注意，他就有所疑忌。如果此人只談起那條醜腿，不注意那條好腿，這就足以使我的朋友決定不再和他作進一步的交往。這樣一副大腿儀器並非人人都有，但是只要稍爲留心，那種有吹毛求疵惡習之流的一些行跡，大家都能看出來，從而可以決定避免和他們交往。」

在篇末佛蘭克林下一個結論說：

「我勸告那些性情苛酷，怨憤不平，和鬱鬱寡歡的人，如果他們希望能受人敬愛而自得其樂，他們就不可再去注意人家的醜腿了。」

的確的，專愛挑剔人家的缺點，準會被人憎惡的；老是怨天尤人，使得前途越來越坎坷狹窄了。對着陰雨的天氣，你或許要詛咒牠，抱怨壞天氣影響了心境，不能安心做事。其實晴朗或陰雨，是自然界常有的現象，假如老是晴燥不下雨，不是要造成極嚴重的旱災嗎？你自己處於低下的地位，不得上升，就不免妒忌人家的地位比你高，好像是他在上面壓着你，使你不得擡頭似的。偲毒噬着你的心，使你做出種種損害人家的事來，結果往往反而害了自己。

像秦時的李斯，雖然有卓越的才能，可是太刻毒陰險了，到了兒也毀了自己。

李斯本來是楚國上蔡人，小時候在鄉裏做小公務員，看見吏舍廁所裏的老鼠在喫屎，又看見穀倉裏的老鼠在喫穀米，他感歎着說：「一個人有沒有出路，也像老鼠一樣，在於能不能找到好環境啊。」於是辭了小官，出去游學，拜荀卿做老師，學習「帝王之術」。他把荀子的性惡說變本加厲地發展着，把一切人看做壞蛋，鉤心鬪角，運用他的毒辣無比的手段。

他厭惡窮困微賤，到秦國去游說，秦王封他做客卿。他的同學韓非到秦國來，秦王召見韓非，很喜歡他。李斯怕自己的才幹不及他，心裏非常妒忌他，就同姚賈聯合起來在秦王面前中傷他，說：

「韓非是韓國的公子，大王要併吞諸侯的國家，他終究會爲韓國出力，不爲秦國打算，這是人之常情。假如現在放他回去，必定留着後患，不如藉端殺了他，斬草除根！」

秦王相信李斯的話，就把他關了起來。李斯又叫人送了一包毒藥給韓非，勸他自殺。韓非迫不得已，只好服毒自殺了。

秦始皇統一天下以後，李斯做了丞相。焚書的事是李斯向始皇建議的，坑儒的慘劇他也不會不贊成的，這些恐怕都跟他的憎惡別人的心理有關係。最後他跟趙高互相傾軋，結局是受了腰斬的極刑。

前幾年，報上載着屈尺分屍的案件：一個人因爲相信「人心越黑越好」的「黑哲學」，竟謀死同住的朋友，偷去了他的存款。兇手又在于善堂門口研究了人體的骨骼組織，順利地把被害者的屍體加以分解，然後分包裝好，運了出去，沉入河底。可是後來部分的屍體浮上了水面，結果還是破了案，兇手就擒。這是損人害己的又一例子。

有些人，內心是萬分的惡毒，面上却裝出假仁假義，嘻笑可親。像唐朝的李義府，人家稱他「笑裏藏刀」，李林甫，人們說他「口蜜腹劍」，這些是僞裝的惡人，使人難於防備，容易落入他們的圈套裏。不過他們自己，也沒有個好收塲。

相反的行爲是益人利己。古人說：「德不孤，必有鄰。」今人說：「好人是不寂寞的。」這些話所含的意思都是說：幫助人家終於也會有利於自己。

鄭板橋的話說得更加具體：

「以人爲可愛，而我亦可愛矣；以人爲可惡，而我亦可惡矣。東坡一生覺得世上沒有不好的人，最是他好處。愚兄平生漫罵無禮，然人有一才一技之長，一行一言之美，未嘗不嘖嘖稱道。橐中數千金，隨手散盡，愛人故也。至于缺阨攲危之處，亦往往得人之力。」（淮安舟中寄舍弟墨書）

由此可見，利於己不一定先損人，要利己而先利人，未始不是處世良法。

# 雞

——里巷雜談——

雞是很常見的家禽，對於牠原沒有什麼新奇的話兒可說。法布爾(Fabre)在家畜記裏第一篇談到雞，說得非常有趣而且詳細，但在中國的書籍中，就很難看見這樣的文章了。像我這麼一個蟄居在鄉間的人，見聞的寡陋，自不待說，與其襲套人家的陳言，還不如說一點鄉里間關於雞的事情較爲有意義吧。

村婦們對於雞鴨的愛護的程度恰如對於貓狗的憎惡。推其原由，蓋因貓狗好偷食而無功，(雖然狗和貓的守門捕鼠都大有功勞，但是她們的淺小的眼光却看不到這些。)雞鴨則不僅供口腹的受用而已，並且尙有種種益處，俗語有「雞是老婆本」的話，即此可見。雞鴨之中，又分等級，多愛養雞，不愛畜鴨，因爲鴨喜在河上游泳，晚間常不肯歸窩，村婦們所謂「水雞倒」，倘

「倒」起來時，任憑你投了多少的石子，還是趕不上來，雞就沒有這樣的麻煩了。小雞在二三月時可買到，價很便宜，一角錢有四五隻，買來之後，放在桌下啄食飯屑，(小雞的羽毛的顏色很是可愛，孩子們愛蹲在地上和牠們玩弄的。)不够則給牠們一些「糠拌飯」或「米碎」吃，稍大，任其到野外尋食，所費食物既不多，又不需人力照顧，在我們鄉間，雞可以說是家飼戶養之物，即赤貧的人家，也沒有不養雞的。

養雞的最大的利益是在於生雞蛋。飼養七八個月的雞，即能生蛋，如果不「歇生」(如村婦們所說)了的話，每隻雞日可生蛋一個。窮鄉僻地，突然來了不速之客，沒有好的肴饌，則蒸一碗「蛋腐」，或炒一盆炒蛋，出以餉客，這是極便利而經濟的辦法。貨郎的貨籠裏的東西，都可以拿雞蛋去交換，「升米絲線二束半，一個雞蛋五枚針。」雞蛋在鄉間的用途眞大，銀行的鈔票實在還不及牠那麼的流通呢。此外親戚鄰居的女兒出嫁，要送「洗浴蛋」，央人寫封信，要送那人幾個雞蛋當點心，總之樣樣事情，都非雞蛋不行，養雞的人家，自己少有嘗到雞蛋的美味的口福，因爲即使日生數十個蛋，猶不免有「十罐九蓋」之嘆，哪裏會捨得把蛋打了給自家吃呢？有些老太婆，手提竹籃子，常到各個村落裏收雞蛋，天涼時節，蛋價最漲，每個蛋可賣銅子五枚。這些錢當然是婦人們的專利，她們可以用這些錢去做自己心裏所欲的事。村婦們對於家禽的愛惜，原不是無因，宰殺雞鴨，非逢婚喪等事，或祭神祀祖，鄉間幾乎罕見。

對於家禽如此愛惜的婦人們，倘然失了一隻雞，她們的悲痛的心情不難可以想像得到吧。沿途挨門討食的乞丐常有幹着偷雞的勾當，鄉人呼爲「叉雞軍」。他們的手段很巧妙，在無人看見的草堆旁散下幾粒米，（或者用燈心草，雞誤以爲小蟲。）雞一來啄米，便被捉住。他們的手指揑住雞的翅膀下的某部分，能使雞一聲不叫，然後放進布袋中，夾在腋下。這種工作內行話曰「踢球」。捕住「叉雞軍」時的毒打眞慘呀！幾乎是全村的人都聚集攏來毆打，尤其是村婦們，她們的臉色怒得發青，嘴裏連連罵着，「叉雞軍，這回看你打得驚還不驚？」聲音都嘶啞了。直打得他體無完膚，還要抹之以鹽滷，倘是捕住一個深夜的竊賊，也決不會像這樣的毒打的。

公雞不能生蛋，多先被殺食。然而能報曉，鄉人賴牠知道時候的遲早，這是母雞所不能做的事。但是母雞在夜間也偶有啼起來的，不像公雞那麼「喔喔」的好聽的聲音，而是「閣閣」的悲鳴，鄉人以爲主不祥之兆，必須以冷水潑雞頭破之，或將牠殺食。彭際清除夕詩云：「鄰雞夜夜競先鳴，到此蕭然度五更。」我想鄉人們在宰殺了能報曉的公雞的除夕夜裏，多少也會引起這樣的感想吧。

最令人厭惡的，便是雞的隨地亂痾雞屎，污穢不堪。居住在鄉下的人，要想鞋底不沾雞屎，眞是難極了。倘能編一道竹籬或砌一段磚牆把牠們關在一個小院落裏，那自然很好，不過鄉間的住屋，多是小得可憐，決沒有隙地專作養雞的地方，所以雞羣老是亂走亂飛，甚至跳到桌子上痾屎，飛上樹梢高鳴。但鄉人們對於淸潔這些問題是毫不介意的，自己身上的事，如吐痰擤涕尙不擇地點，到處亂吐亂抹，對於禽獸們所做的事，還肯管麼？婦人們的鞋襪倘被雞屎沾汚，就要破口大罵：「發瘟！」或「黃鼠狼！」但却不像驅逐貓狗似地提着掃箒柄打，或者用開水淋去。

說到雞的瘟病，那實在是極可怕的，一雞偶罹此疾，蔓延傳染開來，常可死完所有的雞。鄉下人對於雞的瘟病，簡直毫無辦法。（小雞生病時，用木盆覆之地上，震動木盆，據說可治病，但不甚有效驗。）遇到不幸年時，村中雞瘟流行，一日死雞數百，十日死數千，蛋價大漲，至於有錢也買不到雞蛋，一班村婦便叫苦連天，除了在神前點香祈禱外，還有別的事可做麼？

這篇是舊作，所寫的是抗戰以前東南沿海一帶鄉下的一些情形，曾經發表於林語堂主編的「人間世」雜誌第四十期（民國二十四年十一月出版）。現在附錄在這裏，不妨當作陶庵夢憶一類的文字看，當然，倘若以文筆或含意來評論，那就不可同日而語了。五十三年秋，天華附記。

# 寂寞

當我獨坐的時候，常常會感覺寂寞，尤其在夜深，或者在病中。抵抗寂寞的辦法，最好的我以爲是工作，人活着，要工作，要孳孳不息地工作，要有意義有目的地工作。大家都說陶淵明優閒，因爲他做了「采菊東籬下，悠然見南山」的詩，其實他並不是整天遊手好閒，站在東籬下「采菊」，看山。你看他：

「晨出肆微勤，日入負未還。
山中饒霜露，風氣亦先寒。
田家豈不苦，弗獲辭此難。
四體誠乃疲，庶無異患干。

盥濯息簷下，斗酒散襟顏。……

但願長如此，躬耕非所歎。」

（庚戌歲九月中於西田穫早稻）

他能「躬耕」，所以也知道田家的甘苦。他的這些詩是歌頌工作，歌頌工作後的愉快。勞苦工作後的休息是多麼的愉快呀，這是遊手好閒的人所享受不到的。

陶淵明的「猛志」雖然「常在」，可是他不願意爲了「五斗米」向「上司」折腰，只好返到田園裏去，然而他也感到寂寞。要驅除這寂寞，他只有不斷地工作，——做詩，讀書，種田。

宋朝的女詞人李清照，要驅除她閨中的寂寞，於是她專心致志於工作——填詞。「險韻詩成，扶頭酒醒，別是閒滋味。」這是她自己說出艱難的工作完畢後的愉快。

人們要驅除寂寞，所以工作，工作消耗了人們的心血，消磨了人們的青春，人們死去了，但艱難的工作成績却常常長留着，留給後代的人們。

另外一些人驅除寂寞的方法是消遣，是麻醉，——喝酒，跳舞，聽爵士音樂，看低級趣味的電影，……但是當酒闌人散的時候，寂寞依然來咬噬他的心。

然以工作來驅除寂寞的人，生命消逝了，往往留下了不朽的功績。以消遣來驅除寂寞的人，生命消逝了，他的一切也就完了。

# 小器和寬容

小器是說人的度量狹小。和「小器」相反的是「寬容」。

小器不是美德，但小器的人却不一定都是壞人。寬容似乎是美德，但對什麼都一味寬容的人，也是要不得的。

孔子批評管仲說，「管仲眞是小器啊！」然而管仲却並不是一個壞人。你看孔子又說：「沒有管仲，我們都要被髮左衽（指夷狄之俗）了。」

一個人的性質，有長處，同時也有缺點。「能幹」的人多半失之「小器」，「寬容」的人多半失之「糊塗」。

管仲是能幹的，「相桓公，霸諸侯，一匡天下。」但是免不了小器一點。他的小器的性質我們在史記管晏列傳裏可以看出來：

管仲小時和鮑叔做朋友，什麼事都是管仲佔便宜。管仲後來自己也這樣說，「我從前窮困的時候，曾經和鮑叔一同做生意，分財利，常常自己多分一點，鮑叔不以爲我貪心，因爲他曉得我貧困。………生我的是父母，知我的是鮑子啊！」

這樣「小器」的人，爲什麼會被鮑叔所賞識呢？因爲鮑叔知道管仲是一個精明能幹的人，雖然也有他的缺點。管仲在相齊之後，實在做了許多有功於齊國的事：「通貨，積財，富國，强兵。」因此才能够「九合諸侯，一匡天下。」並且他還能脚踏實地地去做，他說：

「倉廩實則知禮節，衣食足則知榮辱。」

他知道先要使人民的衣食足够，才能教他們禮義廉恥，他的爲政的方法是「與俗同好惡」。然而，小器的人究竟不能偉大的，所以管仲只能使齊桓公稱霸，不能勸勉他行王道。

比較地說來，小器的人，多能認眞切實地做事，有大度的人，其缺點往往就是欠精明，欠認眞。

小器固然不是美德，但是小器的人那種認眞做事的態度，却値得我們效法。寬容固然是美德，但是糊裏糊塗的寬容，却是絕對要不得的。

# 粉筆生涯

到去年爲止，我已經度過了十年的粉筆生涯，這十年的教書生涯，對於曾經教過的數千學生究竟有沒有益處，倒很難說，可是對我本身說起來，却是得到了進步。一踏上講臺以後，才知道自己所學的東西是怎樣的淺薄，因而也就拚命地準備，讀書，一讀書，也就更加不懂，更加虛心起來。回想學生時代的目空一切，粗心懶惰的情形，不禁慚愧而且懊悔。

提到「粉筆生涯」，使我記起一件和這四個字有關的往事。那是在高中一年級讀書的時候。我們這一班是文科，自然有許多自命爲「詩人」「才子」之流的同學，自己呢，雖然還够不上稱「詩人，」但已經對這頭銜「心嚮往之」，口袋裏，枕頭邊，常放着「嘗試集」「春水」和「雪萊詩選」等類的書了。有好多的功課，上課時是不肯留心聽的，尤其是某老師（我在這裏不提他的姓名）的高等代數，起初還勉强聽得下去，後來漸漸深了，再也聽不懂了。和我同樣情形的同學很多，於是大家不是偷看小說，就是在前排的同學背上畫烏龜。有一次，在某老師上課之前休息十分鐘的時候，不知道誰在黑板上寫了兩句打油詩：「粉筆生涯救活命，芳名贏得豬頭三。」據大家推測，這一定是自命爲「詩人」的同學陳君做的。當時大家都望着黑板，互相會心地微笑。等到上課鐘敲了，戴着深度近視眼鏡的某老師手裏拿着一大把的粉筆匆匆地進來了，一看到黑板上的打油詩，自然大發脾氣，大罵了一頓之後，就用刷子把這兩句「歪詩」揩掉了。從此這「粉筆生涯」四個字便深深地印入了我的腦筋裏，覺得過粉筆生涯的教師要受氣，要被人嘲笑，而料不到自己在出了校門以後，也當起教師來，而且時間又是相當的長久。不過吃了十年的「粉筆灰」，竟也明白了這一點：自己在學生時代是太不虛心，太懶惰了，許多功課上課時沒有細心聽，聽不懂，只怪教師不好，弄得現在對許多門學科的知識是那麼粗淺。假如做學生的時候，對每科功課都能平心靜氣地聽，那麼我現在的知識應當是大不相同了。學生對功課不發生興趣，沒有心得，教師固然要負責任，但一部分的責任是在學生的聽講態度上。

論語裏有一章記載孔子和他的學生們討論「志向」的情形，他的學生還可以一面鼓瑟，一面發表意見，在這樣融融洩洩的氣氛裏，學問的進步自然是很快的。我也曾見過彷彿這樣的情形。

在吳淞江濱一個大學裏，大家在聽郁達夫先生的小說原理。（不幸郁先生被刺死的消息已在報上證實了，他的墳墓在蘇門答臘被人發現了。）人數太多，坐位不够，有的只好站着。後來由一班分爲兩班，但附近學校的同學又有很多來旁聽，因此又告「客滿」。但雖告「客滿」，却也沒有拒絕旁聽的人。有些人斜靠在窗口，抽着香煙，煙氣氤氳教室內，但是沒有一點吵鬧，只聽到郁先生從講臺上送過來輕微而清晰的語音。他那清癯的面貌，老是抱了十多厚册書到講臺上，而從來也沒有在上課時翻開過，下課時又是很費氣力地抱了回去，這些情景，至今還不能消滅。

但是，青年往往犯了偶像崇拜的毛病。郁達夫先生是一個已經出了名的文學家，所以聽的人能够虛心地接受。另外一位我們的老師，當然是沒有名氣的，在剛上了第一課以後，就接到同學的匿名信，請他「告退」。他第二天上課時對我們說：「你們先要平心靜氣地聽我的功課，然後才能知道好不好。我才講了一點鐘，你們怎麼就能了解呢？」我被他那句話所感動，以後便細心地聽他的課，却從他那裏得了許多好處，到現在也還覺得有用，雖然他的見解有時近乎迂，不會爲一般青年所歡喜的。

親愛的青年啊，虛心地細心地聽你的各門功課，對於你一定是有用的。孔子說：「三人行，必有吾師焉，擇其善者而從之，其不善者而改之。」你不一定要相信老師的話都是對的，但是你要找出老師的錯誤，你就得細心地從頭到尾聽完他的話。

（三十五年九月）

# 教師的口才

揚子雲是口吃的，不能劇談，而善辭賦。聽說周豈明雖然文章寫得那麼暢達，他的口才却不是怎麼好的，他在北大上課，講話吞吞吐吐，使學生覺得枯燥無味。從來文人短於口才長於文章的很多，反過來說，議論風生的人常常文章倒寫得少，疑古玄同的談鋒是很健的，並且他的議論也眞叫人佩服，可是他的文章却不多。不過當教師的人，不可像文人一樣，口才是重要的，尤其是中小學的教師。

我有一個朋友，他是口吃的，學問很好。有一次人家介紹他到中學裏當教師，他一開口，「期期」「艾艾」，引得滿堂學生哄笑，他心裏一急，更說不出話來了。後來只好辭職不教書。口吃是生理上的缺點，和拙於言詞是不同的，但是一個拙於言詞的教師，他的教學效果也一樣的不會良好的。青年們的心是好動的，「放心」很難收得住，教師應以種種方法誘導學生專心聽講，固然以趣味爲中心是要不得的，但學生的趣味也不能不顧到。我在「粉筆生涯」中會提到我很懊悔在學生時代對許多門功課沒有好好地聽，但從另一方面說，老師的枯燥而且沒有條理的講解，也確是使我不肯細心聽講的主要原因。

「說書」人的口才是使人驚異的，在彈詞珍珠塔中，方卿的表妹要在點心裏頭贈方卿一座小巧的珍珠塔，在樓梯上遲疑不決的情形，有時竟費六七天才唱完，他那用瑣碎的事情來吸引聽衆的技巧，雖然做教師的人並不一定需要取法，但却頗值得注意。

我覺得做教師的人，對口才需要訓練，要扼要，明瞭，有系統，並且要使聽的人聽得忘掉厭倦。大忌拖泥帶水，語無倫次。倘能在學生將要瞌睡的時候，插一段適當的笑話，（應和教材有關，）使學生們哄堂大笑之後，再來細心地聽課，這樣的教法，是最理想的。——雖然說笑話也需天才，不是每個人都能說的。某一個小學教師上課時對學生說笑話，劈頭便說：「我講一個笑話給你們聽，你們聽了一定會笑得肚子痛的。」他接着說完了「笑話」，但是沒有一個人笑，後來大家倒是想到他開頭的那句「你們聽了會笑得肚子痛」的話，才一齊笑了出來。

在初中時代有一個歷史教師，他是一位老先生，教的歷史課本是語體的，他說：「白話文就是說話，用不着解釋。」於是他一上課堂點完名之後，便翻開書來「流水賬」似地念着，音節是單調的，等於催眠歌，當學生們被他催得將要入睡的時候，他就突然用擦黑板的刷子在講臺桌上重重地拍着，一邊大聲地吆喝着：「你們聽啊！」有一次，是在炎熱的夏天，我的坐位被午後的太陽曬到了，因爲當不住那火也似的陽光，我便用書將面部遮着，這位老師一看見，便問我做什麼，我回答說，太陽曬得很熱，他說：「俗語道，『身安茅屋靜，心定菜根香。』你不用心聽，自然怕熱！」他只知責備學生們不肯靜心聽講，却從來沒有想到自己的「流水賬」似的念書對學生是多麼的枯燥厭倦呀。

總之，教師不但要有教授法，並且要有口才。

不過，話要說回來，教師的口才不好，有時也可以掩飾他的學問的淺薄。據我所知道，有一位曾在大學裏教了十廿年的教授，論根柢原沒有什麼，他的能够混得過去，居然混上了幾十年，便是因爲他不僅口才不好，並且國語也說得很蹩脚，人家聽不懂，也就不知道他肚子裏有沒有貨色。沒有口才，學生們就可以原諒他。那麼這樣說來，沒有口才，也可以算是教師的護身符呀。

# 寫作雜談

養成「東塗西抹」的習慣是很好的。太拘謹的人不肯輕易拿筆，不敢隨便塗抹。某作家在他的一本書的序文裏說：「我平時喜歡東塗西抹，漸漸地竟積成了許多篇。」「東塗西抹」可以說是要成爲作家的第一階段。最好是開始的時候比較隨便，漸漸地轉爲認眞，因爲開頭就是一本正經的，往往不敢動筆了，如果一開始寫，就會源源不斷地寫下去，越寫越多了。

古人說：「立身先須謹重，文章且須放蕩。」這也就是要作者大着膽子寫，意到筆隨，不落窠臼。文章忌刻板，忌平凡，忌通套，忌枯燥。要能飄逸奔放，如天馬行空，又要流利自然，「如風行水上，自然成文。」寫文章能够達到這些境界，確是不容易，可是假如你常常「東塗西抹」，不停地寫下去，後來就自然而然熟能生巧了。歐陽修告訴孫莘老（覺）說：「疵病不必待人指摘，多作自能見之。」所以他論文有「三多」的說法，就是「看多，做多，商量多。」反過來說，假如你是懶得提筆，「惜墨如金」，就會像「坐觀垂釣者，徒有羨魚情」一樣，雖然有志於寫作，結果仍然寫不出什麼東西來。

不過你得注意，不可「跑野馬」跑得過火了，以致雜亂無章，或語無倫次，整齊中有變化才是好文章。

※　　※　　※

韓非和揚雄都是天生口吃的人，說話很喫力，越急越說不出來，可是都善於寫文章，一個是法家的權威，另一個是詞賦大家。艾狄生（Joseph Addison）在旁觀者報裏把自己寫做「旁觀者」，說他以沉默出名，很少開口一連說到一百個字，因爲他沒有把他的見聞用言語說出來，所以用文字寫出來。這些都可以證明沉默寡言的性格，是有利於寫作的。

細心觀察人跟事物，傾聽人們的議論閒談，用好奇心向各處探索，無孔不入，這都是寫作的泉源，倘若把這些源開出來，可寫的材料就無窮了，不必愁搾不出東西來了。

有人愛在賓客面前談笑風生，滔滔不絕，只讓人家聽他的「高論」，自己很少有機會傾聽別人的話，這種人往往喜歡開大砲，目空一切，他們的精力在高談闊論中耗盡了，因此減少了寫作的慾念。

假若你有野心做一個作家，應當少開口，多聽，多觀察，多動筆。

※　※　※

眼高手低的人是少有成就的。「敝帚自珍」固然是人們的常情，拿別人的作品來觀摩却是很重要的，尤其是名著。佛蘭克林在他的自傳裏說：

「我偶然得到了一本旁觀者第三期的合訂本，讀之再三，喜不自禁。我認爲裏面的文章極好，很想摹倣它。我取出幾頁，把每句的含意，作了一個簡短的摘要，然後放在一旁，過了幾天，不看原書，用自己想得到的適當辭句，根據這些摘要，試着寫成整篇的文章。然後，我再把我寫的，和旁觀者的原文對比一下，找出自己的錯誤，改正了它們。不過我發現也的字彙不够，或者是我在需用時，想不起這些字來，不能隨心所欲引來應用。……我有時我會把抄好的那些摘要故意弄亂，過幾個星期，在要重寫整篇的文章以前，再想法把它們排成最好的次序，我希望這樣一來，能够學會整理思想的方法。以後我把自己的文字和原文比較時，就可以看出許多錯處，而把它們修改好；可是我有時也會歡天喜地的發現，在有些不重要的小地方，我的寫作方法或是文字上，居然能僥倖比原文還略勝一籌。」

佛蘭克林所以能够成爲一個卓越的散文家，實在不是偶然的。但是這只是從習作而言，如果說到創作，那就非自出心裁不可，切忌嚼他人的唾餘。

王國維靜庵文集續編有文學小言十餘則，見解非常精闢，第十則說：

「屈子感自己之感，言自己之言者也。宋玉、景差感屈子之所感，而言其所言，然親見屈子之境遇，與屈子之人格，故其所言亦殆與言自己之言無異。賈誼、劉向其遇略與屈子同，而才則遜矣。王叔師（逸）以下，但襲其貌，而無眞情以濟之，此後人之所以不復爲楚人之詞者也。」

「感自己之感，言自己之言」是創作，感他人之所感，言他人之所言，就是摹倣了。又從事創作最好依自己的意思而寫作，別被他人所左右。歌德說：「不要應順別人的請求，最好常依你自己所想而創作。」（歌德對話錄）這正是他的偉大處。

※　※　※

蔡元培復林琴南書裏面有這麼幾句：

「白話與文言，形式不同而已，內容一也。……若內容淺薄，則學校報考時之試卷，普通日刊之論說，儘有不值一讀者，能勝於白話乎？」

可見內容對於作品的好壞是有着極大的關係的。一個雜誌編者託我修改一篇投寄來的稿件，那稿子又長又亂，文字簡直是支離不通，我沒法把牠改好。我問編者爲什麼要登這樣文字不通的稿子，他回答我說：「因爲這篇稿子的內容很不錯呀。」從這一個事實看來，倘使要投稿，希望稿子被採用，應該先注重文字的內容。

白居易與元九（稹）書說：「詩者，根情，苗言，華聲，實義。」這是說詩歌託根於人情，意義是果實，言詞聲韻，不過是苗葉花朵罷了。這裏所說的人情意義，都是屬於內容方面的。豐富充實的內容如果用簡練的文字表達出來，那就會使讀者覺得峻潔有力，或雋永有味。

歌德批評他自己的少年維特之煩惱一書說：

「這本書中，是有着可以供給十倍長的長篇小說那樣多的我腦中的東西，那樣多的感情和思想。如同我常常說過，自從這本書出來以後，我只再讀了一次，不敢再讀。這統統是火箭。」（歌德對話錄）

這部書所以感動人深，久讀不厭，上面這一段話可以作爲說明。假若把隻字片言，演爲長篇累牘，即使詞藻怎樣綺麗，也會使人覺得味同嚼蠟了。

# 寫日記和看日記

聽到人家在記日記，心裏總不免想道：要是能够不間斷地記下去，眞是談何容易！以前聽到二哥在記日記，記了兩年，不記了，又聽說某人某人也是如此。所以我根本沒想到要寫日記。但是，有一段時間，我特別空閒，我所任職的機關被撤銷了，等待辦結束，雖然仍舊上班，幾乎無事可做。於是我開始寫日記，想不到從民國三十六年春天開始，到五十年秋天，一直沒有間斷，雖然每天記的不過寥寥數行。後來因爲編「成語典」，工作壓得太重了，才停止寫了。

翻翻自己的舊日記，檢討一下，覺得利多弊少。明知這些手寫的本子毫無價值，但總捨不得撕破燒掉。我在開始時就寫着：「卽使不存心去發表，將來給朋友看看也好哩。」曾經在一本雜誌上看到一篇短文，說寫日記的逃犯是容易被抓到的，而且他必定是比較和平的罪犯，因爲常常有反省的機會。我想這些話是非常有道理的。從我的日記裏，可以看出：「懶惰」和「無聊」對我有多麼大的威脅，在遍地荆棘裏怎樣艱苦地前進。在這裏面，多少可以顯露我的許多缺點、內疚。我雖然不是什麼逃犯，可是在良心上，我能夠肯定自己是一個十全十美毫無罪惡的人嗎？

「孽海花」的作者東亞病夫（曾樸）死後，曾發表一小部分的日記（用白話寫的），記事的坦白和大膽，眞令人佩服，他竟把不可告人的往事，在日記裏暴露無遺，那種赤裸裸的態度，也許是受了盧騷懺悔錄的影響吧。這類的日記如果在生前發表出去，是很不適宜的。說不定還會牽連到訴訟問題呢。

寫日記的時間最好在夜裏睡覺之前，一天的事情暫告一段落，於是振筆疾書。白天寫日記究竟不適宜，因爲以後發生的事情往往漏掉，每天補記一半，也很不方便，文字不能一氣呵成。數天以後補記，這是不得已的辦法，缺點很多，不可常用。但臨睡前寫也有缺點，延遲了睡眠的時間，會影響健康，或精神疲憊不堪，只能草草寫幾句了事。如果是早起的人，早上又沒工作，一起來就寫昨天的事情，絲毫不會遺漏，這辦法也是不錯的，只是我沒有試過。

因爲自己寫日記，所以也常常翻閱別人的日記，尤其是淸朝一些名人的手迹。

我比較喜歡李慈銘（號蓴客）的「越縵堂日記」。這位「藏書十萬卷」的學者積三十多年所寫成的五六十册日記，是很可觀的。其長處，是文采綺麗；其爲人，是名士派頭。名士多有怪脾氣，但有時也頗有風趣。家鄉有一個名士，他是一個畫家，有人求他畫摺扇，他如果不高興替那人畫時，就在扇面上畫了花鳥，但摺起來看，畫的却是一口棺材。有爲富不仁的人，在荒年糶米給平民，名義說是救濟，其實是牟利。這畫家送給他一個匾，題了四個字，從右至左看，是「活人無算」，倘若從左至右看，就成「算無人活」了。……李蒓客並不是上述那種突梯滑稽的名士，而是落落寡合的名士。在他的日記裏，常常記着「獨遊」的事：

閏三月初八日，晨陰，上午薄晴，下午晴。

上午……獨游極樂寺，看花，海棠開未及半，而紅萼滿林，猩豔尤絕。……西偏荒圃中結勺亭，野趣塔光，林泉疏秀，極似江南平遠處耳。今日本以閏巳景光可念，命儔未得，遂此獨游，而寺之闍黎（按即僧），惡俗盡態，强相聒擾，殊敗淸興。晡後歸。（光緒五年）

七月初三日，晴，午後復熱。

今年屢擬至十剎海淨業湖觀荷，嘯侶命儔，往往不應；又苦溽暑，兼阻淫霖，病與孄俱，花時倐過。比日秋氣漸至，微飆可親，遂決獨游。……（光緒五年）

孤僻、自負、疾病、困乏、坎坷、傷感、忌妒……在日記裏不一而足。他和趙撝叔（之謙）如水火之不可調和，對王壬秋（闓運）也看不順眼。

……楚人王闓運所爲傳，意求奇崛，而事蹟全不分明，支離蕪塞，亦多費解。此人盛竊時譽，脣吻激揚，好持長短，雖較趙之謙稍知讀書，詩文亦較通順，而大言詭行，亦近日江湖佹客一輩中物也。日出冰消，終歸朽腐。姑記吾言，以驗後來而已。（光緒五年）

王壬秋比他器量寬，在「湘綺樓日記」裏也記着有關李蒪客的事：

五月庚寅朔，晴。

約飲龍樹寺，與香濤（張之洞）同爲主人。四方之士集者十七人……南海桂皓庭文燦，會稽李純客慈銘、趙撝叔之謙、錢唐張子餘預、福山王蓮生懿榮、瑞安孫仲容詒讓、琴西子也。……皓庭、純客皆曾相見，王、張、孫不多語，孫年最少，亦廿四矣。（同治十年）

這次宴會在同治十年（西元一八七一），比光緒五年時間早八年，這時蒪客是四十三歲，才中了舉人。

越縵堂日記中最無聊的部分是「邸鈔」，他鈔了許多「上諭」，據說大概他希望有一天這些日記要蒙「御覽」，這可見他的做官熱到了什麼程度了。又有些頁內用濃墨塗掉一大塊，想來是取消了一些內心的「眞話」。

我看這部日記前後計兩次，第一次是跑到圖書館的閱覽室裏去，（因爲珍本書不准借出，）

大約連續看了一星期多，第二次是借來看的，但都沒有全部看完。

我想一部歷時數十年的日記，如果作者的生活平淡無奇，所記的難免有千篇一律之弊，讀者容易半途而廢，不能終卷。其實陸放翁的入蜀記，也是用日記體裁寫的，記的是沿途的景物、古蹟、人事、感想，而不是刻板的生活，眞能引人入勝。如船經過黃鶴樓下的時候，他這樣寫着：太白登此樓送孟浩然詩云，「孤帆遠映碧山盡，惟見長江天際流。」蓋帆檣映遠，山尤可觀，非江行久不能知也。

這一段可以說是文中有詩，詩中有畫，令人陶然娛心。

# 杜甫的詩與生活

三十歲以前，我是不喜歡杜甫的詩的。但是到了三十歲以後，我是那麼地愛讀他的詩，甚至有一個時期，差不多有半年之久，天天讀他的詩，我在嘗到了生活的「眞味」以後，才能够了解他的詩。

從前人說杜甫是「詩聖」，梁任公說他是「情聖」，我覺得這些抽象的形容詞還不能說出他的詩的特點。杜甫的詩的境界是那麼廣闊，取材是那麼豐富，他的詩不啻是他全部生活的表現，所以讀了他的詩就會有深刻親切的感覺。杜牧之說：「杜詩韓集愁來讀，似倩麻姑癢處抓。」（讀韓杜集）雖然對於韓愈的文章，我是不贊同這話的，對杜甫的詩，以「癢處抓」形容它的深刻，是最恰當不過的。

杜甫

因爲杜甫的詩包括了他的生活的全部，所以讀編年的杜詩，就等於讀他的一部詳細的韻文自傳。因爲在他的詩裏面，將他的生活表現得那麼眞切深刻，所以在一千多年以後的今日讀起來還會使我們受無上的感動。

現在試就題材方面來看一下他的作品吧。

杜詩一向有「詩史」的號稱，他有一部分的詩大抵敍述當時一塲糊塗的時事，民生的艱苦，夾雜着個人的感慨，悲憤，和諷刺。這些詩是最有價值的，所以也最爲後人所稱道。這一類詩中最深刻動人的是：兵車行、前後出塞、麗人行、哀江頭、自京赴奉先縣詠懷、述懷、北征、「三吏」（新安吏、潼關吏、石壕吏）、「三別」（新婚別、垂老別、無家別）、三絕句等篇。

凌晨過驪山，御榻在嵽嵲。……君臣留歡娛，樂動殷膠葛。賜浴皆長纓，與宴非短褐。彤庭所分帛，本自寒女出。鞭撻其夫家，聚斂貢城闕。………況聞內金盤，盡在衛霍室。中堂舞神仙，煙霧蒙玉質。煖客貂鼠裘，悲管逐淸瑟。勸客駝蹄羹，霜橙壓香橘。朱門酒肉臭，路有凍死骨。（自京赴奉先縣詠懷五百字）

夜深經戰場，寒月照白骨。潼關百萬師，往者散何卒！……況我墮胡塵，及歸盡華髮。經年至茅屋，妻子衣百結。慟哭松聲迴，悲泉共幽咽。平生所嬌兒，顏色白勝雪。見耶（爺）背面啼，垢膩脚不襪。（北征）

詩中敍述時局的動盪，戰爭的慘酷，人民的疾苦，君臣的享樂，以及自己的家境的貧寒，多麼逼眞，沉痛！

還有一類是抒情多，敍事少，也充滿着憂國傷時感懷身世的情緒，如登高、登樓、野望、秋興等篇。「無邊落木蕭蕭下，不盡長江滾滾來。」（登高）這兩句詩眞可以透露出老杜的悲秋的心境。

和這些完全相反的，杜甫也有極閒適的詩，這些詩的長處是在寫景。

四更山吐月，殘夜水明樓。（月）

細雨魚兒出，微風燕子斜。（水檻遣心）

風起春燈亂，江鳴夜雨懸。（船下夔州郭宿，雨溼不得上岸，別王十二判官。）

楚江巫峽半雲雨，淸簟疏簾看弈棋。（七月一日題終明府水樓）

這些都眞是所謂「詩中有畫」的「麗句」，而且在他的詩集中是常可看到的。

日常的瑣事，很多可以從他的詩中看得見。如寫信之類，他也常以詩代替。他以詩代信向人乞米，乞薤，乞樹木，乞猴子，謝人送薤菜。病後有人請他喝酒，他喝了酒又做詩贈他，並且還形容患瘧疾時的苦楚。

白露黃粱熟，分張素有期。已應春得細，頗覺寄來遲。……老人他日愛，正想滑流匙。（乞米——佐還山後寄三首之二）

甚聞霜薤白，重惠意如何？（乞薤——佐還山後寄三首之三）

奉乞桃栽一百根，春前爲送浣花邨。河陽縣裏雖無數，濯錦江邊未滿園。（蕭八明府實處覓桃栽）

華軒藹藹他年到，綿竹亭亭出縣高。江上舍前無此物，幸分蒼翠拂波濤。（從韋二明府續處覓綿竹）

人說南州路，山猿樹樹懸。舉家聞若咳，爲寄小如拳。（從人覓小胡孫許寄）

盈筐承露薤，不待致書求。束比青芻色，圓齊玉筯頭。衰年關鬲冷，味暖併無憂。（秋日阮隱居致薤三十束）

王生怪我顏色惡，答云伏枕艱難遍。瘧癘三秋孰可忍？寒熱百日交相戰。頭白眼暗坐有胝，肉黃皮皺命如線。（病後過王倚飲贈歌）

他不但以詩代信，他還以詩論文（戲爲六絕句），論書畫（丹青引），論人物（飲中八仙歌），……總之，我覺得在中國，沒有詩人能像杜甫那樣的題材如此廣闊，而又能做成這麼多的好詩。

秦少游很奇怪杜甫的詩做得那麼好，散文却不好。不知杜甫畢生的精力都用在他的詩上面，他從生活裏邊所體驗出來的一切感情思想，都在詩上頭表現得無遺了，他的散文只是「強弩之末」罷了。

# 諷諭詩

白居易的詩有一部分是諷刺時事的，他的好友元稹替他編詩文集時，依作者自己的意見，歸到「諷諭」類。這一類的詩都是對當時所見聞的事情有很深的感觸，因直歌其事的，頗受了杜甫的社會問題詩的影響。

據元稹的「白氏長慶集序」裏說，白居易的詩在當時是很風行的（因爲他的詩淺近平易的緣故），「禁省觀寺郵候牆壁之上無不書，王公妾婦牛童馬走之口無不道。」並且「少年遞相倣效，競作詩詞，自謂爲元和詩。」可是當時風行倣效的却不是「秦中吟賀雨諷諭等篇」，因爲元稹明明說這些詩「時人罕能知者」。不過，在「白氏長慶集」裏，「諷諭詩」編在卷首，大約作者（白氏）和編者（元氏）都特別看重這一類詩的價値吧。

諷諭詩共一百七十三首，其中又分古調詩一百二十三首，新樂府五十首。所謂「新樂府」，據元稹的解釋是：「近代唯詩人杜甫悲陳陶、哀江頭、兵車、麗人等，凡所歌行，率皆即事名篇，無復倚傍。余少時與友人白樂天、李公垂輩謂是為當，遂不復擬賦古題」。（樂府古題序）也就是白居易自己說的「篇無定句，句無定字，繫於意不繫於文」的詩歌。

白居易又在「與元九書」裏說到他作詩的主張：「文章合為時而作，詩歌合為事而作。」「諷諭詩」一百七十三首都是依着這主張而作的。他在「新樂府序」裏說得更明白：

序曰：凡九千二百五十二言，斷為五十篇。篇無定句，句無定字，繫於意不繫於文，首句標其目，卒章顯其志，詩三百之義也。其辭質而徑，欲見之者易諭也；其言直而切，欲聞之者深誡也；其事覈而實，使采之者傳信也；其體順而肆，可以播於樂章歌曲也。總而言之，為君為臣為民為物為事而作，不為文而作也。

為要使讀者易解起見，在總共五十首的「新樂府」的每首題目之下，作者都還加以說明，把每篇的主旨揭示出來，今舉數條於下：

新豐折臂翁，戒邊功也。

杜陵叟，傷農夫之困也。

賣炭翁，苦宮市也。

秦吉了，哀寃民也。

現在再錄這些詩中較短的一首「賣炭翁」在這裏：

賣炭翁，伐薪燒炭南山中。滿面塵灰煙火色，兩鬢蒼蒼十指黑。賣炭得錢何所營？身上衣裳口中食。可憐身上衣正單，心憂炭賤願天寒。夜來城外一尺雪，曉駕炭車輾冰轍。牛困人飢日已高，市南門外泥中歇。翩翩兩騎來是誰？黃衣使者白衫兒。手把文書口稱敕，迴車叱牛牽向北。一車炭，千餘斤，宮使驅將惜不得。半匹紅紗一丈綾，繫向牛頭充炭直。

這首詩的第一句「賣炭翁」，便是所謂「首句稱其目」，末幾句「一車炭，千餘斤，宮使驅將惜不得。半匹紅紗一丈綾，繫向牛頭充炭直。」便是所謂「卒章顯其志」，把「宮市」苦民的情形暴露得淋漓盡致。「可憐身上衣正單，心憂炭賤願天寒」兩句，描寫窮人的矛盾心理，眞是非常深刻。法國的左拉（Emile Zola）在一篇「人們是怎樣死的」小說裏寫道：「摩利梭仍在敲冰。……這嚴寒會殺死查洛（他的兒子）。他雖然害怕冰融了，沒有工作，而內心却十分希望天氣立刻轉暖。……一切天氣都是有害於窮人的：結冰，很不好；融冰，更不好！」於此可見中外文學作品，也有「暗合」的地方。

白居易的「諷諭詩」都是「爲君爲臣爲民爲物爲事而作」的，不是躲在「象牙之塔」裏的「吟風弄月」的東西。這些詩中最有文學價値的是輕肥、買花、新豐折臂翁、杜陵叟、賣炭翁、秦吉了、母別子等篇。

然而這類的社會題材詩在中國詩人的詩集中實在不多見，有價值的更不易見。白居易也曾說：「杜詩最多，可傳者千餘首，……然撮其新安吏、石壕吏、潼關吏、塞蘆子、留花門之章，『朱門酒肉臭，路有凍死骨』之句，亦不過十三四。」在白居易的作品中，這類社會題材詩的分量似乎也沒有多於杜甫呢。

這是什麼緣故呢？

記得許多年以前，我在東南日報的「週末版」上看見計思先生的一首翠葉庵樂府，題目是「花蹺娘」，諷刺貪官汚吏，極嬉笑怒罵的能事，我讀了非常贊賞。不料過了幾天，又在該報上看見某縣長的一則啓事，說「花蹺娘」一詩的作者毀謗他的名譽，要依法起訴云云。這件事的結果怎樣我不得而知。爲了怕招麻煩起見，這首寓意尖刻的新諷諭詩，雖然妙絕，我只好「割愛」，不敢轉錄在這裏。

以今例古，白居易當時做了這許多諷刺時事的詩，必定會遭到許多人的怨怒罷。他作「秦中吟」「新樂府」這類的詩大約在元和年間做左拾遺時，這時他尙得勢，還可以講幾句話。但是也因此結了怨，結果還是受人的暗箭。據說他被貶爲江州司馬，是因爲他作了「賞花詩」及「新井詩」，他的母親是因看花墮井而死的，所以他的罪名是「甚傷名教」。其實該是他平時作些諷刺詩結了怨，因此人家加給他「甚傷名教」的罪狀的。

元稹說白居易的「諷諭詩」「長於激」，他的「新樂府」「秦中吟」等詩確是憤激的，鋒芒畢露的。到了他被遷謫後，這類諷諭詩便不再作了，像「琵琶行」那篇，雖然尙有寄託不平的意思，但已經含蓄得多了。在他剛碰壁的時候，火氣是減少了，但還多少留了一點灰燼，一到晚年，他所作的便全是些閒適之類的詩了。

白居易有兩句詩批評自己說：

世間富貴應無分，
身後文章合有名。
（編集拙詩成一十五卷因題卷末戲贈元九李二十）

這「文章」應當是指他的「關於美刺興比」的「諷諭詩」，不是指他的「知足保和吟翫性情」的「閒適詩」罷。

# 推敲詩人

賈島是和孟郊齊名的詩人，東坡批評爲「郊寒島瘦」（祭柳子玉文），眞是確切不過，這不但說明了他們兩個人的詩的風格，並且把他們的生活狀貌也說盡了。賈島的身體是瘦弱的，孟郊說他「瘦僧臥冰凌」，姚合說他「詩仙瘦始眞」，他自己的「和劉涵」詩也說：「新題驚我瘦，窺鏡見醜顏。」這當是窮困苦吟的結果吧。

賈島字浪仙，自稱碣石山人，范陽（今河北北平附近）人，生於唐代宗大曆十四年（西元七七九年），比孟郊少二十八歲，比韓愈少十一歲。他早年曾做和尙，名叫無本。後來到洛陽，那時洛陽有禁令：不許和尙午後出寺。他做詩自傷，有云：

不如牛與羊，猶得日暮歸。

韓愈憐惜他的才情，勸他還俗去應試，並且教他做文章。他眞的還了俗，隨後又到長安。可是他在考試方面很不得志，好久沒有考中進士，吟病蟬詩以諷刺公卿：

病蟬飛不得，向我掌中行。折翼猶能薄，酸吟尚極淸。露華凝在腹，塵點誤侵睛。黃雀幷鳶鳥，俱懷害爾情。

長慶二年，他和平曾等同被貶，稱爲「舉場十惡」。

賈島是一個藝術至上主義者，他作詩的態度是非常認眞而又刻苦。隋唐嘉話（唐劉餗撰）說：

賈島初赴舉京師，一日，于馬上得句云：「鳥宿池邊（一作中字）樹，僧敲月下門。」初欲作推字，鍊之未定，（唐詩紀事作「欲改推作敲，引手作推敲之勢，未決，」）不覺衝尹。時韓吏部權京尹，左右擁至前，島具告所以，韓立馬良久，曰：「作敲字佳矣。」

這段記載又見於摭言和唐詩紀事等書，字句敍述頗有不同。宋葛立方韻語陽秋也引這件事，說他「衲遊詩府，致衝大官」，其時早已認識韓愈，這話是很對的，因爲賈島和韓愈初次相識是在洛陽，韓愈送無本師歸范陽詩說：「始識洛陽春，桃枝綴紅糝，」時間在桃花盛開的春天。

他大概受了杜甫「語不驚人死不休」和韓愈「横空硬語」的影響吧，常是搜眼前景物而深思苦吟，眞所謂「吟成五個字，撚斷數莖鬚。」他曾經花了許多心血做成兩句詩：

獨行潭底影，數息樹邊身。

自注一絕句於下面云：

二句三年得，一吟雙淚流；知音如不賞，歸臥故山秋。

後來湊成一首律詩送無可上人（卽島從弟）：

圭峯霽色新，送此草堂人。麈尾同離寺，蛩鳴暫別親。獨行潭底影，數息樹邊身。終有煙霞約，天台作近隣。

其實「獨行潭底影」二句宜是寫郊外水濱閒行偶得情景，不作送人詩當更適合。

賈島的詩名，是被韓愈捧出來的。唐詩紀事說：「島詩有警句，韓退之喜之。」韓愈送無本師歸范陽詩說：

無本於爲文，身大不及膽。吾嘗示之難，勇往無不敢。……狂詞肆滂葩，低昂見舒慘。姦窮怪變得，往往造平澹。

這是韓愈對他的賞識，也可以說是推許。唐詩紀事又載有韓愈贈他的一首詩：

孟郊死葬北邙山，日月星辰頓覺閑。天恐文章中斷絕，再生賈島在人間。

原書附注說：「或曰非退之詩。」案這首詩昌黎先生集中不載，疑是僞託。

同時的詩人如孟郊、元稹、張籍、李益、王建、姚合、沈亞之、盧仝、劉叉等，賈島和他們都有交往。他在元和六年和孟郊初次見面。孟郊戲贈無本詩，有云「燕僧擺造化，萬有隨手奔」，

「燕僧」即指賈島。三年後孟郊死了，他有詩哭孟郊：

身死聲名在，多應萬古傳。寡妻無子息，破宅帶林泉。冢近登山道，詩隨過海船。故人相弔後，斜日下寒天。

末二句頗能傳達出傷悼悽涼的情境，不明言悲痛，而惻惻黯然的哀思自溢於言外。

賈島在長安居住很久，中間曾返故鄉范陽，赴襄陽，遊嵩岳、杭州等地。開成二年，他五十九歲，坐飛謗責授遂州長江縣（今四川蓬溪縣）主簿。飛謗事究竟怎樣，無可查考。他於這年十月動身赴長江，有詩云：

策杖馳山驛，逢人問梓州。（案此行先至梓州，再由梓州赴長江。）長江那可到？行客替生愁。（寄令狐相公）

到長江後又有謝令狐相公（令狐楚）賜衣詩：

長江飛鳥外，主簿跨驢歸。逐客寒前夜，元戎與厚衣。雪來松更綠，霜降月彌輝。即入調殷鼎，朝分是與非。

這首詩頗流露逐客冤抑的情懷。令狐楚死於本年十一月，從此賈島又失了一個知音。

他在長江做主簿三年，寡言好靜，卷不釋手。開成五年，遷普州（故治即今四川安岳縣）司倉參軍。轉授普州司戶參軍，不及受命，會昌三年（八四三）七月二十八日死於官舍，享年六十五。近人李嘉言撰賈島年譜說：「蘇志（卽蘇絳賈公墓志銘）曰『會昌癸亥歲七月二十八日終于郡官舍，春秋六十有五。』……新書本傳曰『會昌初以普州司倉參軍遷司戶，未受命，卒，年五十六』，五十六當爲六十五之誤倒。」案四部叢刊影印北宋嘉祐刋本新唐書本傳正作「年六十五」，俗本顚倒，這可作李說的一點補充。

他的詩集十卷，自名長江集，共計詩三百七十九首。摭言說：「元和中元白尙輕淺，島獨變格入僻，以矯浮豔。」他的淸奇僻苦的風格可以說是對元稹白居易一派的通俗文學的反動。司空圖說：「賈浪仙時有警句，視其全篇，意思殊餒。」這批評很允當。例如他的題李凝幽居詩：

閑居少隣並，草徑入荒園。鳥宿池邊樹，僧敲月下門。過橋分野色，移石動雲根。暫去還來此，幽期不負言。

除了「以是得名」的「鳥宿池邊樹」兩句外，其餘六句都很平常，想是湊合成篇，所以有這缺點。現在選錄一些佳句在下面：

秋風吹渭水，落葉滿長安。（憶江上吳處士）

怪禽啼曠野，落日恐行人。（暮過山村）

舊國別多日，故人無少年。（旅遊）

歸吏封宵鑰，行蛇入古桐。（題長江）

竹籠拾山果，瓦瓶擔石泉。（題皇甫荀藍田廳）
秋聲依樹色，月影在蒲根。（南池）
蟻穴苔痕靜，藏蟬柏葉稠。（寄無可上人）
暮雪餘春冷，寒燈續晝明。（贈莊上人）
日午路中客，槐花風處蟬。（京北原作）
鼠抛貧屋收田日，雁度寒江擬雪天。（酬張籍王建）

他的絕句雖然不多，却有寫得很好的：

牀頭枕是溪中石，井底泉通竹下池。宿客未眠過夜半，獨聞山雨到來時。（宿杜家亭子）
三月正當三十日，風光別我苦吟身。共君今夜不須睡，未到曉鐘猶是春。（三月晦日贈劉評事）

上首寫旅舍夜雨，別有幽趣；下首寫惜春情懷，新清可味。

據說每到除夕，他必定把一年中所作的詩放在几上，焚香灌酒於地祭拜道：「這是我一年來苦心的收穫。」於是開懷痛飲一番。從這件事可以知道他是怎樣珍惜自己的作品。

賈島到老沒有兒子，身常抱疾，（「抱疾」「病身」等字樣屢見於他的詩中。）生活清苦，無論行坐寢食，吟咏不輟。他死了以後，環堵蕭然，只留下一匹病驢和一張斷弦的古琴，可是他的行吟推敲的故事流傳到今不衰。

# 弘一法師

我雖然跟弘一法師不相識，却跟他結了一段小小的因緣。

許多年前，某一個晚上，下雨寒冷，天氣那樣惡劣，眞如俗語所說的「打狗不出門」的天氣：我覺得非常枯寂無聊，偏偏要撑着雨傘出去遛達，在一家佛學書店的「空空如也」的書架上，隨便翻到一本「晚晴山房書簡」，花了四塊錢買了囘來，從此這本小册子就成了我所愛讀的書之一了。

晚晴老人是弘一法師晚年的別號。法師俗姓李，名文濤，後來改名息，字叔同，浙江平湖人。他的別號很多，除晚晴、弘一外，還有演音、曇昉、勝臂、月臂、善夢、僧胤、玄會、一音、弘裔、論月、入玄等六七十個名號，而弘一法師的稱號最通行。他爲什麼喜歡用那麼多的別號呢？我想恐怕是爲了隱晦自己，避免無謂的應酬。他在給馬一浮居士的信尾，就註明「不用弘一名」，大概那時候他出家不久，很多人爲了好奇或求他寫字，常常拜訪他，所以他深居簡出，也不肯多跟外界的人士通信。

法師在出家以前，曾到日本留學，他是一個藝術家兼文學家，對於音樂、繪畫、戲劇、文學、書法、金石，沒有一樣不精到。他曾經扮演茶花女，轟動一時。在日本的時候，爲了苦練鋼琴，手指不夠長，竟到醫院裏把拇指和食指間的皮割開，這種刻苦學習的精神，眞是使人欽佩。

他的書法，外柔內勁，古雅沖淡，自成一家。我從前在一個親戚家裏，看到他寫給馬一浮的信的眞迹，用的紙是「雙宣」，寫得很是經心，信中漏掉一個字，後來在行旁鈎進去，那種鈎法也是特別美妙的。

他寫字爲的是「結緣」，的確，許多人是愛好他的字的。近年來遊覽臺北郊外佛寺，常看到「南無阿彌陀佛」六個字的長條佛號，我相信都是弘一法師的手筆的影印。他的「寫字結緣」眞是多麼廣遠呀。我收藏着一本影印法師寫的「梵網經」，氣韻有點像唐人寫經，字體雖小，眞有「疏處可以走馬」的巧妙。這部經原是屬於祖母的，她是信奉佛教的，每天上午焚香念經，從不間斷。因爲我常常向她借這經看，大概深怕我的手不乾淨弄汚了佛經吧，有一次當我又向她借經時，她對我說：

「你既然喜歡這部經，索性送給你吧，可是，你得好好保存，糟蹋它就犯了罪過啊！」

這部「梵網經」被我攜帶在身邊，經過亂離顛沛，都沒有遺失，祖母逝世以後，它就成了她老人家留給我的唯一的珍貴紀念品了。

開明書店印行的「辭通」、「十三經索引」，首頁上都有法師的題字，雖然沒有署名，從筆法上可以看得出來是他寫的。在「晚晴山房書簡」裏找到兩封信，可以證實我的推測：

丏尊居士道席：惠書，誦悉。近見仁者所撰辭通序，古雅淵懿，至爲歡讚。並悉作者爲老儒，因寫字一葉贈之，乞宋居士轉交，不宣。二月二十七日，演音啓。（與夏丏尊書五十一）

前寄上辭通書面字，想已收到。昨承轉寄超伊師函，已達，至感。開明書店出版之護生畫集，乞惠施二十冊上下，俾便轉贈同人，爲禱。演音疏。辭通出版後乞惠施一冊。（與夏丏尊書五十二）

法師跟他的弟子豐子愷合作的「護生畫集」，（弘一寫字，子愷繪畫。）當時流行頗廣。集中寫的一首蘇東坡擷菜詩，含意深長，給我的印象最深：

秋來霜露滿東園，蘆菔生兒芥有孫；我與何曾同一飽，不知何苦食雞豚。

這首詩眞能道出靑菜淡飯的無上滋味，而弘一法師才算能領略到這種眞滋味。

他有給李圓淨居士的信，談到「護生畫集」的事情：

關於畫集事（第二集），乞與夏居士接洽一切，現在紙張人工皆漲價，稍遲出版無妨，但此續集將來必須出版，未可中止。朽人在世，可任書寫，倘生西者，乞託豐居士書寫可也。（與李圓淨書九）

護生畫集正續編流布之後，頗能契合俗機，豐居士有續繪三四五六編之弘願，而朽人老病日增，未能久待，擬提前早速編輯成就，以此稿本存於上海，俟諸他年陸續付印可也。（與李圓淨書十）

「護生畫集」我只看到正續兩集，三四等集後來有沒有出版，不得而知，也許因爲時局的影響就中止了。

我在下雨晚上買得的那册「晚晴山房書簡」，是民國三十三年初版本，流通處是開明書店。前面有夏丏尊的序文，法師手札遺影二幅。這是第一輯，共收書信三百三十三通，我仔細地看完這本書簡，煩惱浮躁的念頭頓消，對日常的生活有了更深的體認。我對它的喜愛，跟「蘇黃尺牘」一樣，簡直不忍釋手。回頭再翻夏丏尊的序，覺得句句眞實，極能說出本書的價值：

斯編所收，皆師出家後所作。師爲一代僧寶，梵行卓絕，以身體道，不爲戲論，書簡卽其生活之實錄。舉凡師之風格及待人接物之狀況，可於此髣髴得之，故有見必錄，雖事涉瑣屑者，亦不忍割愛焉。師別署甚多，五十以後，喜用晚晴稱號，常自署晚晴院沙門或晚晴老人，顏其白馬湖之精舍曰晚晴山房。亂後鄉村不寧，山房無人居守，門窗磚瓦被盜垂盡，聞將成廢墟矣。

從下面所引的數節書簡裏，可以看出法師對人情的觀察多麼透澈，慈悲救世的心懷多麼熱切，和他的文字的表達又多麼委曲周到：

來書所謂潛行出走，朽人竊以爲未可。若如是者，將來恐不免糾葛。倘仁者之妻來閩尋覓，謂仁者言，若不偕歸者，卽決定於仁者面前自殺，當此之時，仁者若任其自殺，則有傷仁慈，否則只可偕歸矣。依朽人拙見，擬定一辦法如下，以備採擇：仁者宜向店中請假七日，返家，於七日中，專心持念觀世音菩薩聖號，涕泣哀懇，乞菩薩垂慈，令妻室發心出家，令長兄岳母於仁者夫婦出家之事歡喜讚歎，不加阻障，云云。七日圓滿，卽發信與長兄岳母陳明此事，併於妻室前，宣布此決定之辦法。如是先令妻室出家爲尼，並經長兄岳母歡喜許諾，乃爲穩妥也。朽人出家以前，亦先向眷屬宣布。其他友人有潛行出走而出家者，多無好結果，與其出家後而返俗貽人譏笑，不如不出家之爲善也。（與郁智朗書八）泉州米價將至三百，火柴每小盒二圓，其他可知，貧民苦矣。朽人幸託庇佛門，食用無慮，諸事豐足，慚愧慚愧！（與夏丏尊書八十六）

近日廈門甚爲危險，但朽人未能他往，因出家已來，素抱捨身殉教之願，今值時緣，應居

廈門，爲寺院護法，共其存亡。仁等……何須爲之憂慮耶？（與性常法師書四十）

弘一法師晚年多居住閩南，這跟氣候和身體很有關係，因爲出家人不宜穿絲綿、皮袍，而他又體弱多病，他在給夏丏尊的信中有云：「衰老日甚，殊畏寒暑，閩南氣候調和，適於療養，故暫未能北上。」（其七）聽說他尤其喜歡鼓浪嶼的氣候，他曾經在鼓浪嶼日光巖住了一個時期。

永春的友人梁君對我講述他拜訪法師的經過說：他到某寺拜訪法師，請求他題紀念冊，他出來，親切地接見他，然後拿了紀念冊回房裏，很久又出來，問梁君論語「曾子有疾」章下文是不「而今而後，吾知免夫」，梁君答說是，於是又進去，很久很久，（他寫字磨墨費時甚久，須慢慢地磨，否則會起泡沫，不宜書寫。）才寫好紀念冊拿給梁君，冊子裏寫的是說他早年對論語這一章很有心得，是後來入道的門徑。

抗戰末期，法師六十三歲，圓寂於泉州溫陵養老院，彌留時題了「悲欣交集」四個字，字跡柔弱肥粗，這是他命終時最後的感觸吧。

我雖然對佛法是一個門外漢，可是弘一法師的崇高的言行，給我莫大的啓示。我深深地願望有好事的人士，繼續搜集法師的信札，編成第二輯書簡，使在這紛亂的世上，多一種救治浮躁粗暴的藥石。

# 兩個善書的和尚

智永和懷素都是古代以書法出名的和尚，除了他們的墨迹碑帖被後人所珍藏臨摹外，還流傳着一些有趣的軼事。

智永是王羲之的第七代孫，南朝陳會稽人，俗姓王，字法極，號永禪師。他寫字妙傳家法，住在吳興永欣寺的樓上，天天臨寫。他發誓說：

「如果字學不成，決不下樓！」

在樓上住了四十多年，寫了八百本的千字文，後來分送給江東各佛寺。因爲不斷地練字，他寫禿了許多支毛筆。他把這些禿頭的毛筆，都丟在大竹簏裏，據說漸漸地積滿了五大竹簏的禿筆。他很珍惜這些禿筆，就把它們埋在泥土裏，叫做「退筆塚」。古人用的筆多是兎毫（又叫做紫毫），或狼毫等，後人多用羊毫，兎毫性硬，比不得羊毫耐用，所以古人形容人寫字勤勉，常說「五日一筆，十日一墨，」這情形也許是有的吧。

他在樓上苦練的結果，書法大進，筆力縱橫，眞草兼善，人家批評他說「得羲之之肉」。求他寫字的人越來越多了，有的拿絹來，有的拿紙來，堆滿了几案，他來不及寫，絹紙擱在那裏久了，蒙上了一層厚厚的灰塵。請他寫字的人往來不絕，眞是門庭如市，門檻都被客人踏壞了，於是用鐵片包裹了門檻，免得常常被踏破，當時的人叫做「鐵門限」。蘇東坡有贈常州報恩長老詩：「憑師爲作鐵門限，準備人間請話人。」就是用這個典故。

說到千字文，據梁書和廣川書跋記載，跟王羲之有點關聯。梁武帝得王羲之的字，叫殷鐵石搨了一千字，每字一張紙，雜碎無次序，又叫周興嗣編成韻語，四字一句。興嗣才思敏捷，費了一夜的功夫編成「天地玄黃，宇宙洪荒」的千字文，因爲心思用得太過度了，使得他的鬚髮都變白了。智永寫的是眞草千字文，秀潤圓勁，八面俱備。流傳於後世的搨本墨迹，眞僞雜出，難於辨別。

智永的上代王羲之最出名的字是蘭亭序，晉穆帝永和九年三月三日，羲之和許多人遊山陰蘭亭，用鼠鬚筆寫在蠶繭紙上，遒媚勁健，各變化而極其自然，寫的時候他酒酣興濃，像有神助。後來他再寫了許多本，都不如初本，因此他自己也非常珍惜這本蘭亭序墨迹。

這蘭亭序墨迹一直傳到第七代孫智永的手中。智永是王羲之第五個兒子徽之的後代，精勤此道，出家後帶了這本墨寶到寺院裏，他活到差不多一百歲才死，把這蘭亭序眞迹傳給了他的徒弟辯才。唐朝何延之有一篇蘭亭記，敍述這些事情的始末非常詳細。記裏說唐太宗很喜歡王羲之的字，知道蘭亭序眞迹在辯才老和尚那裏，可是辯才硬不肯拿出來，只說：

「禪師逝世以後，經過變亂，這墨迹早就遺失了。」

太宗叫御史蕭翼設計，扮作一個書生，跟辯才接近，終於把這眞本騙來了，太宗死後眞迹殉葬於昭陵，現在只有搨本流傳下來，眞是可惜。智永和辯才這樣愛惜家傳墨寶，總算難得啊。

懷素，唐朝長沙和尚，俗姓錢，字藏眞。他是玄奘法師的弟子，對於律部很有研究，又喜歡寫草字。家裏很窮，沒錢買許多紙來學字，於是妙想天開，想出一個辦法，他在附近種了一萬多株的芭蕉，綠陰密佈，他把所住的菴取名「綠天」；他採來芭蕉葉當作紙，以供揮灑，既適用，又不費錢。

光是努力揮寫並不就能使他成爲名家。有一天傍晚的時候，他仰頭看見夏雲在天際隨風飄揚，變化無窮，忽然大悟筆法，從此他的草書飛動奔放，圓轉妙絕，自己認爲已經得了草書的「三昧」。

他和李白同時，年紀比太白輕，算是後輩，他生於開元十三年（公元七二五），死於貞元元年（七八五）。太白曾經做了一首「草書歌行」稱讚他：

少年上人號懷素，草書天下稱獨步。墨池飛出北溟魚，筆鋒殺盡中山兔。八月九月天氣涼，酒徒詞客滿高堂。牋麻素絹排數箱，宣州石硯墨色光。吾師醉後倚繩床，須臾掃盡數千張。飄風驟雨驚颯颯，落花飛雪何茫茫。起來向壁不停手，一行數字大如斗。怳怳如聞神鬼驚，時時只見龍蛇走。左盤右蹙如驚電，狀如楚漢相攻戰。湖南七郡凡幾家，家家屏障書題徧。王逸少，張伯英，古來幾許浪得名。張顛老死不足數，我師此義不師古。古來萬事貴天生，何必要公孫大娘渾脫舞？

太白詩裏所謂「張顛」，就是草聖張旭，善寫狂草，繼張顛以後的懷素，人們叫他「狂僧」，他們寫草字時，都是「借酒助興，走筆揮灑，所以筆勢像狂風驟雨，奔放無比。

中國的書法跟佛教有着密切的關係，名家的法書往往有



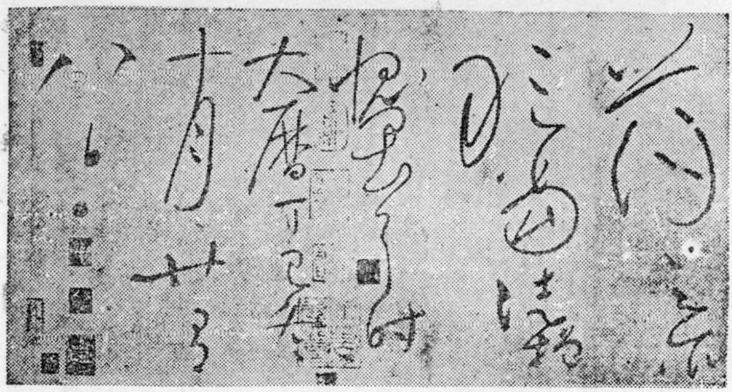

懷素自敘墨跡

助於弘宣佛法，而名山佛寺保存了許多的遺書碑刻。世上忙碌的俗人常常沒興趣或功夫欣賞書法的美妙，生活清淡的僧人隱士却容易領略，或者發揚這種淸高的藝術。

# 東坡和方外友人

蘇東坡喜歡跟方外人交朋友，因爲他愛讀佛書、道書，可說是氣味相投吧。還有一個原因，他在政見方面和王安石一派人不合，多跟士大夫交際，容易更招猜忌，尤其是在他受到貶黜以後，跟僧道結交，就沒有這些麻煩了。

有一次，東坡到錢塘上任，經過臨平，看見一首題詩：

風蒲獵獵弄輕柔，欲立蜻蜓不自由。五月臨平山下路，藕花無數滿汀洲。

他非常欣賞這首詩，這就是詩僧參寥子做的。後來兩個人在西湖見面，一見如故，從此他們就成了很好的朋友。

參寥子，浙江於潛人，俗姓何，法名道潛，參寥子是他的號。他精通佛經外典，尤其擅長做詩，著有參寥子集十二卷。

東坡在徐州做知州的時候，參寥子去看他，他留參寥子住在逍遙堂。一天，東坡請客，參寥子也是被請的客人之一，東坡生性愛開玩笑，叫歌妓拿了紙筆請參寥子題詩，這個詩僧提筆馬上寫了一首詩送她：

寄語巫山窈窕娘，好將魂夢惱襄王。禪心已作沾泥絮，不逐春風上下狂。

這首詩寫得那麼超脫得體，使得在座的客人大大地驚異。東坡也稱讚說：「我曾經看見柳絮飄落泥中，說這意境可以入詩，不料先被他用到詩句裏了，眞可惜！」

參寥子很歡喜杜詩，他說：

「老杜題終明府水樓：『楚江巫峽半雲雨，淸簟疏簾看弈棋。』這兩句詩很可以入畫，只是恐怕不容易畫得好啊。」

「你是出家人，也愛這些綺麗的句子嗎？」東坡問他。

「譬如平時雖然不注意飲食的人，看見江瑤柱，怎麼不會垂涎三尺呢？」他回答說。

他們的交遊達二十多年，在東坡全集中，有許多首和參寥師贈答的詩。元豐七年春天，東坡在黃州，和徐得之、參寥子一批人到定惠院附近看海棠花，又在何氏竹園裏喝酒，參寥子不喝酒，用棗湯代替酒。東坡應了徐得之的請求，當場寫了一篇遊記，記這次暢敍的情形。

東坡還有一篇參寥子眞贊，說：

東坡居士曰：維參寥子，身貧而道富，辯於文而訥於口，外尫柔而中健武，與人無競，而好刺譏朋友之過，枯形灰心，而喜爲感時玩好不能忘情之語：此予所謂參寥子有不可曉者五也。

很能夠寫出他的似乎矛盾而實和同的性格。

另一個常接近的方外朋友是佛印。

他是江西浮梁人，法名了元，字覺老。他住在金山寺，東坡曾經到寺裏拜訪他。

「請問您爲什麼到這裏來呢？」佛印問他。「這裏沒有可坐的地方。」

「想借和尚四大作禪床。」東坡開玩笑地回答。

「貧僧有一個轉語，請您立刻回答，答對了，一切當照辦，如果稍微遲疑，吞吞吐吐說不出來，就要把您身上佩的玉帶留下來，鎮壓山門。」

「好的。」

「四大本空，五蘊非有，您要坐在哪裏呢？」

東坡正在思索，沒有立刻回答，佛印連忙叫侍者把東坡身上的玉帶解了下來，却拿一件衲衣回送他。

赤壁泛舟

明人魏學洢的核舟記，描寫一個小小的桃核上雕刻着「大蘇泛赤壁」的情景：

船頭坐三人，中峨冠而髯者爲東坡，佛印居右，魯直居左。蘇黃共閱一手卷，……佛印絕類彌勒，袒胸露乳，矯首昂視，……左臂掛念珠倚之，珠歷歷可數也。

這是把他們的親密交遊的情狀，生動地刻畫出來，雖然這不見得有什麼依據，也許只是憑赤壁賦中「蘇子與客泛舟遊於赤壁之下」一句想像出來。

調謔編記他們饒有風趣的友誼說：東坡喜歡喫燒豬，佛印常常做好燒豬等待他來。一天，做好的燒豬被人偷喫光了。東坡曉得這件事，做了一首小詩道：

遠公沽酒飲陶潛，佛印燒豬待子瞻；采得百花成蜜後，不知辛苦爲誰甜。

東坡有好些信寫給佛印，這裏抄錄了兩封信，可以窺見他們兩人間比較眞實的情愫：

一

專人來，辱書累幅，勞問備至，感怍不已。臘雪應時，山中苦寒，法體淸康。一水之隔，無緣躬詣道場，少聞謦欬，但深馳仰。

二

收得美石數百枚，戲作怪石供一篇，以發一笑。開却此例，山中齋粥，今後何憂，想復大笑也。更有野人於墓中得銅盆一枚，買得以盛怪石，并送上結緣。

俗傳蘇小妹和佛印相戲謔，蘇小妹出對子叫他對：「人曾成僧，人弗能成佛；」佛印隨口對了出來，說：「女卑爲婢，女又可爲奴。」對語雖然非常精巧，可是這是好事的文人揑造出來的，只能「姑妄言之姑聽之」，不足憑信的。

# 樂苑舊聞新話

## 伯牙學琴

春秋時候有一個成連先生，善於彈琴。伯牙跟他學琴，學了三年，技術學成了，可是對袖理表情方面，還沒有學到。成連先生說：

「我沒法移人情志，我的老師方子春，在東海中隱居，我可以帶你去找他，他會教你怎樣移情。」

於是他們兩人帶了乾糧，到了蓬萊山，成連先生將伯牙留在那裏，說：

「你留在這兒等着，我去迎接我的老師來。」

成連先生乘着船去了，十來天還不回來。

伯牙獨自居住在蓬萊山，引頸四望，不見一個人，只聽得海水汩沒澎湃的聲音，日夜不息。一山中樹木蓊鬱，雜草叢生，羣鳥悲鳴，好像和風濤聲相應答。伯牙在這寂寞的環境裏，很受感動，思潮起伏不定，於是恍然大悟道：

「這就是成連先生敎我移情的方法啊！」

伯牙卽引琴奏曲，作了一首水仙操，並且自己邊彈邊唱了一回。曲子才奏完，成連先生也乘船回來了，他拍着伯牙的肩膀說：

「伯牙，我祝賀你已經成功啦！你現在可稱爲天下獨一無二的妙手了。」

伯牙有一個朋友名叫鍾子期，善聽琴。伯牙奏着描寫高山的曲子，鍾子期道：「妙啊，這表現着高山的巍峩氣象。」伯牙彈着描寫流水的曲子，鍾子期道：「妙啊，這表現着江水的汪洋萬頃。」

有一次伯牙到泰山遊玩，忽然逢到暴雨，於是在巖洞裏避雨。伯牙看那山中的暴雨景象，有所感觸，就作了霖雨操和崩山操兩曲。伯牙每彈一曲，鍾子期必能完全領悟曲中的意趣。伯牙歎道：

「你的欣賞力眞不錯啊。你能說出我的曲中的旨趣，什麼也逃不了你喲！」

後來鍾子期死了，伯牙便摔琴斷弦，再也不彈奏了。

## 唱歌家秦青

秦國有一個秦青，善唱歌，薛譚跟他學唱，還沒有完全學得秦青的技術，可是自己以爲已盡學得老師的祕訣了，便要辭別歸家。

秦青知道薛譚要回去，也不阻止他，卻到郊外置酒替他的學生送行，酒酣，擊節而悲歌，聲振林木，響徹雲霄。

薛譚聽到了老師的歌聲，才知道自己還沒有學到老師絕妙的歌技，心裏非常慚愧，馬上對老師說：

「我剛才聽到您的歌聲，才知道我所學得的技術比起老師來還差得遠哩。」

從此他再也不敢提起要回家了。

## 南郭先生吹竽

齊宣王有一個管樂隊，用三百人吹竽。南郭先生自己說善吹竽，請求加入樂隊。宣王很歡喜南郭先生，便讓他在樂隊裏吹竽，並且給他很多的薪俸。

宣王死後，湣王即位。湣王却和宣王不同，雖然也歡喜聽竽，但他要樂師每個人單獨吹給他聽。南郭先生原來是不會吹竽的，就馬上逃走了。

## 善于擊筑的高漸離

高漸離是戰國時候的燕國人，善於擊筑。筑這種樂器，大約在戰國時才有的，據古人的記載，它的形狀有點像琴，有弦，項細肩圓。奏時以左手扼項，右手以竹尺敲擊着。

後來做燕國太子丹的刺客荆軻和他很要好，他們天天和狗屠們（以殺狗爲職業的）到市集中喝酒，當酒喝得八九分醉時，高漸離敲着筑，荆軻和着唱歌，眞是痛快得很。但有時候他們又會忽然感動得哭泣起來，好像旁邊沒有人似的。

燕國太子丹派荆軻去刺秦始皇，不幸沒有刺中，荆軻被殺，秦始皇大發雷霆，發兵攻打燕國，燕王怕秦兵的威勢，不敢抵抗，殺了太子丹，想要獻給秦王，但秦國又進兵攻燕國，終於滅了燕國。

第二年，秦始皇并吞了天下，大局稍爲安定。於是驅逐荆軻和太子丹的門客，所有的門客都逃亡了。高漸離改名換姓，躲匿在宋子，（地名，今河北趙縣。）在一個富戶家裏當傭工。

過了很久，有一次，高漸離正工作得非常辛苦而且疲倦，忽然聽到主人堂上有客人在擊筑，高漸離不禁在堂下徘徊着，不能離開，並且時時自言自語着：

「這客人擊筑，有時擊得好，有時却不好。」
旁邊有奴僕聽見，就去告訴主人說：
「大人，那個傭工倒知音咄，他背地裏在批評客人擊筑擊得好不好。」
於是主人召他上來擊筑，席上的客人聽了都稱讚不已。
高漸離自己想，如果長久地隱匿自己的姓名，一輩子畏畏縮縮，不敢出頭露面，也不是一個好辦法。於是他退了下來，拿出自己匣子裏的筑，和好衣服，換上一身整整齊齊的服裝走出去。席間的客人看見了，都非常驚異，竟下來和他行「相見禮」，尊他爲「上客」。請他擊筑，並且唱歌，聽的人沒有不感動得流淚的。
宋子一縣許多人家都輪流請他做賓客，因爲大家是那麼地歡喜他的音樂。
終於秦始皇聽到了這消息，於是召他去。
有人認識他，告訴秦始皇說：「這人就是荆軻的朋友高漸離啊！」
秦始皇愛惜他的擊筑的技巧，特別寬赦他，把他的眼睛用馬屎燻瞎，以免他生異心。始皇每次叫他擊筑，總是讚美不置，因此漸漸和高漸離接近起來。但是高漸離是一個感情豐富的音樂家，良友既已被殺害，自己又成爲殘廢的人，心裏怎麼不痛恨那殘暴猜忍的秦始皇呢？所以表面上雖是服從始皇，假意和他親近，其實是伺機圖謀報復。

高漸離暗暗地把一塊很重的鉛裝在筑中，後來又得到一個進見始皇的機會，始皇命他擊筑，他便走近始皇，猛然將筑扑擊始皇。可是他的眼睛看不見，自然難能擊中的。

猜忌惡毒的暴君在驚恐震怒中立刻下命令將高漸離殺掉，從此一輩子再也不敢接近六國的人了。

切齒的仇恨雖然沒有得到報復，但是善擊筑者高漸離的姓名和他果敢復仇的事跡，却久遠地流傳於千載之後。

協律都尉李延年

北方有佳人，
絕世而獨立。
一顧傾人城，
再顧傾人國。——
寧不知傾城與傾國？
佳人難再得！

這首歌很出名，是漢朝的音樂家李延年作的。

李延年中山人，他的父母兄弟都能歌舞，他們全家都是樂人。延年因犯罪受了「腐刑」，在狗監裏服務，看管皇帝的一羣狗。

延年善於歌舞，常自己創作「新聲變曲」，曲調新奇動聽。有一天，他在漢武帝面前起舞，唱着上面那隻美妙的歌。

武帝聽了，不禁歎息道：

「世上難道眞有這樣美麗的人兒嗎？」

旁邊有人告訴武帝：李延年有一個妹妹，就跟這隻歌裏面所描寫的佳人一樣的美麗動人。

於是武帝馬上召她前來，確是妙麗善舞，武帝異常歡喜她，封她做李夫人。

那時武帝正要定祭祀天地的禮，設立了一個機構名叫「樂府」，派李延年做協律都尉，採集了各地的民謠，又叫文人司馬相如等作了一些歌詞，由延年配曲。這是延年的得意時期，而他在這時期，對音樂方面也確實有許多的貢獻。可惜這許多樂曲到現在都失傳了，只留下一些歌詞，後來收在樂府詩集裏。

武帝愛重延年的音樂天才，竟叫他跟自己住在一起。

李夫人體弱多病，在病危的時候，武帝來看她，她不讓武帝看見自己的面孔，對武帝說：

「我生病久了，顏色憔悴，我不願您看見我的醜陋的樣子，我希望您對我永遠保留着一個美妙的印象。……我死了以後，只求您照顧我的兩個兄弟吧。」

李夫人死後，武帝日夜思念她，令方士少翁把她的魂招來，那晚上，彷彿李夫人來了，卻只能遙遙地看，不能走近她。於是武帝作了一首詩：

是邪？非邪？

立而望之。

偏何姍姍其來遲？

又叫樂工譜了曲來演唱。

延年的弟弟，也時常出入後宮，性情驕恣，和宮女淫亂；那時李夫人死了已很久，武帝對她的愛情已漸漸淡忘了，就將延年兄弟均處死刑。

## 蔡邕和蔡文姬

蔡邕父女都精通音樂。

有人用桐木來燒飯，蔡邕聽到火裂的聲音，就知道這桐木是製琴最好的木，材馬上向那人把這段未燒完的木材討來，叫工匠製成一張琴，果然彈奏起來聲音很美妙。可是這琴的尾端是已經燒焦了的，當時的人就叫它「焦尾琴」。

他的女兒文姬，年僅六歲，非常聰明。蔡邕夜裏在彈琴，忽然斷了一條弦，文姬在隔壁房裏，叫道：

「該是第二條弦斷了。」

她父親故意地又彈斷了一條弦，文姬又道：

「這次是第四條弦斷了。」

她說的一點也不錯，不禁使她的父親大大地驚異。

文姬長大了，嫁給衞仲道。不久，丈夫死了，文姬又回到父親家裏來，那時正值天下大亂，文姬竟被胡兵掠劫了去，留在胡地十二年。

曹操和蔡邕素來有交情，憐憫他沒有兒子，只有這一個愛女，於是派使者到胡地，以金銀珍寶將文姬贖了回來。

文姬自胡地回來後，作了一曲胡笳十八拍，哀楚動人。後來她再嫁給董祀。

## 鼓手禰衡

後漢禰衡善擊鼓，少年多才，只是生性驕傲，容易得罪人。

他和孔融很要好，他才二十歲，孔融已經四十歲了，他們兩人眞可以說是「忘年交」。孔融將禰衡薦給曹操，曹操要召見他，但是他看不起曹操，推託說有狂病，不肯去見曹操，並且背後放言批評曹操。曹操心裏恨他，聽說他善擊鼓，便召他做鼓吏，有意要侮辱他。

有一天，曹操大會賓客，命令禰衡穿着鼓吏的衣服，當衆擊鼓，以娛樂賓客。

禰衡故意不更衣，小步而前，作漁陽摻撾（鼓曲名），容態和別的鼓吏不同，聲節異常悲壯。在座的賓客沒有不被感動的。

在旁的小吏呵責禰衡說：

「鼓吏爲甚麼不換衣服，就敢前來啊！」

禰衡答應說，「好的。」便當着曹操和賓客的面把衣服一件一件都脫下了，裸體站了好久，才慢慢地穿上鼓吏的衣服。穿好衣服，又擊了一會兒鼓，顏色一點也不變，慢慢地退下去。

曹操冷笑着說：

「我本來想侮辱他，不料他反來侮辱我。」

宴會完畢，孔融便去責備禰衡，叫他向曹操謝罪。禰衡假意答應他，却到曹操的大門前罵了一頓回來。

曹操氣極了，本想立即殺他，但陰險成性的曹瞞不願蒙「殺害賢士」的罪名，於是將禰衡遣送給荆州刺史劉表。

劉表起初很敬重禰衡，後來看他對自己態度輕慢，也不歡喜他了，又轉送給江夏太守黃祖。黃祖的性情非常躁急，禰衡終於因出言不恭敬，被黃祖所殺。

禰衡死時僅二十六歲。

## 嵇康和廣陵散

晉朝嵇康游洛西，晚上在華陽亭止宿。客中孤寂，彈琴以自消遣。那時正夜深，忽然有一客人來見他，樣子很古怪。客人和嵇康談論着音律，言辭清辯。兩人談得很投機。

後來那客人叫嵇康拿琴給他，他奏了一曲廣陵散，聲調美妙無比，嵇康從來沒有聽過的。這客人便將這一曲廣陵散傳授給嵇康，從此嵇康彈琴的技術比以前更佳妙了。但是這怪客終不肯把自己的姓名告訴他的學生。

嵇康本和鍾會有怨隙。嵇康常常和山濤、阮籍、向秀、劉伶、阮咸、王戎一班人在竹林下聚集，飲酒清談，當時號稱「竹林七賢」，頗有點聲名。有一天，鍾會訪他，嵇康正在柳陰下面打鐵。（他性好打鐵，閒居常作消遣。）嵇康沒有理他。

鍾會站了好久，覺得沒有意思，便轉身要回去，這時嵇康才問他：

「你聽到了甚麼而來，看見了甚麼而去呢？」

「我聽到了我所聽到的而來，看見了我所看見的而去。」鍾會回答他。

鍾會從此心裏非常恨他，後來在司馬昭那裏大施挑撥，借細故將嵇康殺死。

嵇康將要行刑時，看看太陽的影子，索琴彈了一會兒，歎息着說：

「從前袁孝尼想要跟我學廣陵散，我珍祕着，不肯教他。我死了以後，廣陵散將成絕調，沒人再彈了！」

## 有骨氣的戴安道

晉朝戴逵，字安道。他不但文章做得好，並且善彈琴，隱居於剡溪（在今浙江嵊縣）。王徽之曾經在雪夜乘船到剡溪訪他，可是到門口就回去了。人家問他甚麼緣故，徽之說：「我本乘興而來，與盡便去，何必一定要看見戴安道呢？」

戴安道的琴比普通的琴長一尺，他的彈琴的目的在於娛樂自己。武陵王晞聽說他善於彈琴，派人召他去。安道在使者的面前打破自己的琴，說：

「戴安道決不是王門的樂工！」

使者將這話回報武陵王，武陵王大怒。又派人召戴逵的哥哥戴逑去。戴逑聽說武陵王召他，非常高興，連忙抱了琴前去。

## 愛好音樂的唐明皇

唐明皇是一個大藝術家，對音樂尤其愛好。

明皇設了左右教坊，以教「俗樂」。又把樂隊分為「坐部伎」和「立部伎」二部，「坐部伎」坐在堂上演奏，「立部伎」立於堂下演奏。

他選了「坐部伎」中子弟三百人，在梨園中受着嚴格的音樂訓練，如果聲音有錯誤的，明皇就會立刻聽得出來，而且親自加以糾正。當時號稱「皇帝梨園弟子」。

又選了宮女數百人，也受着音樂訓練，居住在宜春北院。

明皇所羅致的樂人有馬仙期、李龜年、賀懷智、念奴、邠二十五郎等，對於音樂都有專長。

夜深了，月亮高高地升在空中，賀老（即賀懷智，那時大家都叫他「賀老」。）彈着琵琶，全「場屋」裏的人靜悄悄地在傾聽着。

明皇一時高興，叫高力士找尋念奴來唱歌。念奴陪伴着情郎在紅綃帳裏睡得正濃，她被叫醒了，睡眼惺忪，帶着嬌態，姗姗地在梳頭裝束。高力士連連催促她，只怕明皇等急了。那時正是「寒食」節，本來是「禁火」的，但是為了念奴的緣故，特准街上點起蠟燭。

羣衆在樓下歡呼，（明皇是不禁止「與民同樂」的，）明皇敎人在樓上喊着：

「馬上叫念奴唱歌，二十五郎吹笛子！」

聽到了這兩個人的名字，羣衆立刻平靜了，一點喧雜聲也沒有了。

念奴高歌一聲，歌聲好像飛上了九重天，二十五郎吹着笛子和着。她唱了大徧涼州曲，又接着唱龜玆轟錄。一直鬧到天將亮的時候才停止。

有一次夜裏，明皇在上陽宮裏試奏着自己新作的一首曲子。第二天正是元宵燈節，明皇換了便衣到街上看燈，忽然聽到酒樓上吹奏着昨夜自己所作的曲子，心裏非常驚怪。他下一個密令把那酒樓上吹笛的人物捉來，原來却是一個少年。

明皇問那少年怎麼會知道他昨夜新作的曲子，那少年回答說：「我是長安善吹笛子的李謩。昨夜我在天津橋上賞月，聽得宮中傳出美妙悠揚的樂聲，我卽刻在橋柱上揷譜將它記了下來，所以我會吹這隻曲子。」

這位愛好音樂的皇帝聽了那少年的解釋後，和善地笑着，將他釋放了。

但是漁陽鞞鼓動地而來，驚醒了太平迷夢，粉碎了驪宮梨園的弦索歌舞！

# 增訂本後記

天才作家下筆時如泉水湧出，滔滔汩汩，一瀉千里而無難，可是在我却不同，泉水雖然有，常常積在地下，湧出的機會不多，而且不是沛然奔注。

「寒花墜露」小品雜文集出版已經四年了，這回要增訂一下，翻檢近年來發表過的類似的短文，只得五篇，連以前若干篇，共計三十六篇。這就可見泉源如此枯涸，也是無可如何的事。

然而我想：這本小書，篇幅短，一兩個晚上就可以看完，倘若看一篇呢，只要耗費你五分或十分鐘的時間，在生活忙迫的現今時代，除非看鉅製傑作，最好不必多費時間，這樣，對於讀者或許還是一種便利吧。

「青年俱樂部」第八期（五十四年四月）刊登了一篇童山先生的「寫生活·寫人生的作品」，

兼批評我這本「寒花墜露」。固然，這篇文章裏有一些溢美的話，我自愧不敢當，惟其中有云：「寫生活、寫人生的作品，才眞實而引人入勝。」這話眞是搔着了癢處。文學是生活的表現，不過，好作品又應該是出於淤泥而不染，具有超脫嶄新的風格。我只希望此後不被瑣事所困擾，心境不要荒蕪下去，好好地再寫出一本像樣的書來。

多謝童山先生，同意將他那篇「寫生活・寫人生的作品」附錄在本書後面，想亦當爲讀者所樂於參看的。

五十八年一月十六寒雨之夜，校畢記。

# 附錄

## 寫生活·寫人生的作品

童山

——兼介「寒花墜露」

「寒花墜露」是繆天華先生的小品文集子，內收小品文和文壇樂壇軼事三十二篇。

一般文人，喜歡寫夢，夢雖離奇，迷濛濛令人陶醉，畢竟空疏無實。寫生活、寫人生的作品，才眞實而引人入勝，寒花墜露便是屬於這類的作品，作者對生活的體驗，人生的探究，用清新的筆調，信手寫來，句句珠璣。我雖愛夢般的迷離，但更愛眞實的生活，人生的啓示。

從「寒花墜露」的題詞中，作者說出他寫這些短文的動機和願望。他說：「寒花固然不如春花爛漫穠豔，使得人人喜愛，但是能夠耐寒。」又說：「人生如朝露，應該知道珍惜，也應該知道惕厲。」所以作者取寒花墜露爲書名，不外借寒花說明堅貞秀逸的特質，是令人嚮往的；生命如朝露，但要珍惜它，使它多少能留下一些值得人追思回憶的事。作者願將這芳潔的微物，呈獻給現在或未來的讀者。同時，作者也說明了這本書創作的過程，他說：「我沒有什麼野心，更不敢自負。偶然有些感觸，不免信筆塗抹了下來，積成了若干篇短文。」文藝創作，確是需要耐心，積日而成巨冊。這篇題詞，寫來美極了，像是一首詩。

寫生活的作品，最容易使人領會，從事寫作的人，不能缺乏對周圍的生活作深刻的觀察，在面對生活之餘，仍能透過繁忙的生活，悟得一些個人特有的感觸，在作品中，細膩地表現出來，因此當我們讀到這類作品時，不禁拍案叫絕，欽佩作者獨具慧眼。像「寒花墜露」裏作者寫「窮」：

「窮的孿生兄弟是欠債。」又說：「老實說，還債的目的多半在下次借錢的時候方便一點。我冒險說出這點祕密，只怕有錢的朋友知道了，不但怕人家借錢，而且也怕人家還債哩。」

作者也寫失眠，在「一句話」裏，他說：

「我在失眠的夜裏，常常想到這首詩（英詩人華滋華斯的不眠詩），我心裏把綿羊、蜜蜂、雨聲、河流、海風、平原、白水、青天……等等反覆想了多少遍，我又數着數目，從一數到一千……一萬，但都是徒然。我老在想：從醒到睡是要經過怎樣的階段呢？我又想：王實甫一定是嘗過失眠的滋味的，不然，他怎麼能夠寫得出『一萬聲長吁短歎，五千遍搗枕搥床』那樣刻畫入微的句子呢？失眠時焦急的心情，眞想把枕頭撕破，把床搥碎呢！」像這類深刻入微的寫法，實在使人讀後，不忍心不告訴別人也知道。當然其中有數篇寫思念母親、思鄉的小品，讀後使人神傷。

寫人生的作品，最難具體，這純然是智慧的表現，要寫得深刻，必定經過一番沉思，然後從豐富的人生經驗裏，提鍊出一些精品，才能使人嘆止。不然，人云亦云的，又不新鮮；太新鮮的，又不一定人人所能欣賞的。像作者描寫「中年」，他說：

「一個人到了中年，就像黑夜裏乘渡船，只覺得離開這邊的埠頭漸漸遠了，慢慢地接近那邊的埠頭；什麼時候是渡一半呢？誰也不會準確地知道。直等聽到船頭靠攏對岸的埠頭響聲兒，那時候才知道眞正地結束了人生的旅程。」

接着他又用對照的手法來寫，他說：

「我現在才了解許多中年人老年人的鎮定，『倚老賣老』，也許只是屬於表面上的。少年人往往想裝『老成』，『老氣橫秋』，表示自己有風度，能辦事；可是中年以上的人却想裝成『少壯派』，刮光鬍子，穿上短褲子，染黑白頭髮，鑲補掉了的牙齒，走路爬山都不肯落後，連吃飯也要保持着少年時候的飯量。」

像這些警語，如果沒有進入中年，又怎能有這樣的句子。

其實「寒花墜露」的作者繆先生，對舊文學有很深的造詣，從他的文章裏，隨時可以看到他把古人的詩文，溶化在他的小品文裏，近年來西方人士對我國的文學頗爲重視，苦於對舊文學的表達無法體會，像透過這種深入淺出的說明，更可瞭解古人的心思。此外加上一些文人的趣聞軼事，經過作者的點醒，更是生動而重新活躍了。

（錄自「青年俱樂部」第八期）

# 三民文庫已刊行書目（五）

| | | | |
|---|---|---|---|
| 161. | 水仙的獨白 | 胡品清著 | 散文 |
| 162. | 希臘哲學史 | 李震著 | 哲學 |
| 163. | 靈臺書簡 | 劉紹銘著 | 書簡 |
| 164. | 春天是你們的 | 鍾梅音著 | 散文 |
| 165. | 談文學 | 鄭騫等著 | 文學 |
| 166. | 水仙辭 | 張秀亞著 | 散文 |
| 167. | 德國文學散論 | 李魁賢著 | 新詩 |
| 168. | 中國史學名著①② | 錢穆著 | 歷史 |
| 169. | 管艇書室學術論叢 | 顧翊群著 | 學術 |
| 170. | 鐘 | 水晶著 | 散文 |
| 171. | 旗有風集 | 漢客著 | 散文 |
| 172. | 讀書與行路 | 彭歌著 | 散文 |
| 173. | 南海遊踪 | 施翠峰著 | 遊記 |
| 174. | 閑話閑話 | 洪炎秋著 | 文學 |
| 175. | 迎頭趕上 | 陳立夫著 | 論文 |
| 176. | 愛情力量及正義 | 王秀谷譯 | 哲學 |
| 177. | 青年與學問 | 唐君毅著 | 哲學 |
| 178. | 靜軒時論選集 | 賴景瑚著 | 時評 |
| 179. | 青年的路向 | 鄭鴻志譯 | 心理 |
| 180. | 雨窗下的書 | 繆天華著 | 小品文 |
| 181. | 人性與心理 | 孟廣厚著 | 心理 |
| 182. | 自信與自知 | 彭歌著 | 散文 |
| 183. | 文藝與傳播 | 王鼎鈞著 | 散文 |
| 184. | 人海聲光 | 張起鈞著 | 散文 |
| 185. | 橫笛與豎琴的晌午 | 蓉子著 | 新詩 |
| 186. | 音樂創作散記 | 黃友棣著 | 音樂 |
| 187. | 芭琪的雕像 | 胡品清著 | 散文 |
| 188. | 中國哲學與中國文化 | 成中英著 | 哲學 |
| 189. | 舊金山的霧 | 謝冰瑩著 | 散文 |
| 190. | 說中華民族之花果飄零 | 唐君毅著 | 散文 |
| 191. | 詩經相同句及其影響 | 裴普賢著 | 文學 |
| 192. | 科學眞理與人類價值 | 成中英著 | 邏輯 |
| 193. | 回顧錄①②③④ | 鄒魯著 | 傳記 |
| 194. | 藝術零縑 | 劉其偉著 | 藝術 |
| 195. | 白馬非馬 | 林正弘著 | 邏輯 |
| 196. | 書生天地 | 陳鼎環著 | 散文 |
| 197. | 王陽明哲學 | 蔡仁厚著 | 哲學 |
| 198. | 童山詩集 | 邱燮友著 | 新詩 |
| 199. | 海外憶 | 李慕白著 | 散文 |
| 200. | 致被放逐者 | 彭歌著 | 散文 |

# 三民文庫已刊行書目（四）

| | | | |
|---|---|---|---|
| 121. | 樂於藝 | 劉其偉著 | 藝術 |
| 122. | 烽火夕陽紅 | 易君左著 | 回憶錄 |
| 123. | 哲學與文化 | 吳經熊著 | 哲學 |
| 124. | 危機時代的中西文化 | 顧翊羣著 | 文化論集 |
| 125. | 自然的樂章 | 盧克彰著 | 散文 |
| 126. | 筆之會 | 彭歌著 | 散文 |
| 127. | 現代小說論 | 周伯乃著 | 論述 |
| 128. | 美學與語言 | 趙天儀著 | 哲學 |
| 129. | 一個主婦看美國 | 林慰君著 | 散文 |
| 130. | 蘭苑隨筆 | 鍾梅音著 | 散文 |
| 131. | 異鄉偶書①② | 何秀煌 王劍芬著 | 散文 |
| 132. | 詩心 | 黃永武著 | 文學 |
| 133. | 近代人和事 | 吳相湘著 | 歷史 |
| 134. | 白萩詩選 | 白萩著 | 新詩 |
| 135. | 哲學三慧 | 方東美著 | 哲學 |
| 136. | 綠窗寄語 | 謝冰瑩著 | 書信 |
| 137. | 淺人淺言 | 洪炎秋著 | 散文 |
| 138. | 危機時代國際貨幣金融論衡 | 顧翊羣著 | 經濟 |
| 139. | 家庭法律問題叢談 | 董世芳著 | 法律 |
| 140. | 書的光華 | 彭歌著 | 散文 |
| 141. | 燈下 | 葉蟬貞著 | 散文 |
| 142. | 民國人和事 | 吳相湘著 | 歷史 |
| 143. | 詞箋 | 張夢機著 | 文學 |
| 144. | 生命的光輝 | 謝冰瑩著 | 散文 |
| 145. | 斯坦貝克攜犬旅行 | 舒吉譯 | 遊記 |
| 146. | 現代文學的播種者 | 吳詠九著 | 文學 |
| 147. | 琴窗詩鈔 | 陳敏華著 | 新詩 |
| 148. | 大衆傳播短簡 | 石永貴著 | 論述 |
| 149. | 那兩顆心 | 林雪著 | 散文 |
| 150. | 三生有幸 | 吳相湘著 | 傳記 |
| 151. | 我及其他 | 劉枋著 | 散文 |
| 152. | 現代詩散論 | 白萩著 | 新詩 |
| 153. | 南海隨筆 | 梁若容著 | 散文 |
| 154. | 論人 | 張肇祺著 | 文化哲學 |
| 155. | 孤軍苦鬪記 | 毛振翔著 | 傳記 |
| 156. | 回春詞 | 彭歌著 | 散文 |
| 157. | 中西社會經濟論衡 | 顧翊群著 | 經濟 |
| 158. | 宗教哲學 | 錢永祥譯 | 哲學 |
| 159. | 反抗者①② | 劉俊餘譯 | 論述 |
| 160. | 五經四書要旨 | 盧元駿著 | 文學 |

# 三民文庫已刊行書目　（三）

| | | |
|---|---|---|
| 81. 一樹紫花 | 葉蘋著 | 散文 |
| 82. 水晶夜 | 陳慧劍著 | 散文 |
| 83. 胡巡官的一天 | 金戈著 | 小說 |
| 84. 取者和予者 | 彭歌著 | 散文 |
| 85. 禪與老莊 | 吳怡著 | 哲學 |
| 86. 再見！秋水！ | 畢璞著 | 小說 |
| 87. 迦陵談詩①② | 葉嘉瑩著 | 文學 |
| 88. 現代詩的欣賞①② | 周伯乃著 | 文學 |
| 89. 兩張漫畫的啓示 | 耕心著 | 散文 |
| 90. 語小集 | 蕭冰著 | 散文 |
| 91. 社會調查與社會工作 | 龍冠海著 | 社會學 |
| 92. 勝利與還都 | 易君左著 | 回憶錄 |
| 93. 文學與藝術 | 趙滋蕃著 | 散文 |
| 94. 暢銷書 | 彭歌著 | 散文 |
| 95. 三國人物與故事 | 倪世槐著 | 歷史 |
| 96. 籠中讀秒 | 姚葳著 | 故事 |
| 97. 思想方法 | 秀河著 | 散文 |
| 98. 腓力浦的孩子 | 武陵溪著 | 時評傳記 |
| 99. 從香檳來的①② | 彭歌著 | 小說 |
| 100. 從根救起 | 陳立夫著 | 論文 |
| 101. 文學欣賞的新途徑 | 李辰冬著 | 文學 |
| 102. 象形文字 | 陳冠學編著 | 文字學 |
| 103. 六甲之冬 | 沙岡著 | 小說 |
| 104. 歐氛隨侍記①② | 王長寶著 | 日記 |
| 105. 西洋美術史①② | 徐代德譯 | 藝術 |
| 106. 生命的學問 | 牟宗三著 | 哲學 |
| 107. 孟武續筆 | 薩孟武著 | 散文 |
| 108. 德國現代詩選 | 李魁賢譯 | 新詩 |
| 109. 祝善集 | 彭歌著 | 散文 |
| 110. 校園裡的椰子樹 | 鄭清文著 | 小說 |
| 111. 行與言 | 桂裕著 | 雜文 |
| 112. 吳淞夜渡 | 孟絲著 | 小說 |
| 113. 仙人掌 | 胡品清著 | 散文 |
| 114. 理想和現實 | 毛子水著 | 論述 |
| 115. 班會之死 | 碧竹著 | 小說 |
| 116. 二涼亭 | 吳樹廉著 | 小說 |
| 117. 六十自述 | 鄭通知著 | 傳記 |
| 118. 悲劇的誕生 | 李長俊譯 | 哲學 |
| 119. 一束稻草 | 吳怡著 | 散文 |
| 120. 德國詩選 | 李魁賢譯 | 新詩 |

# 三民文庫已刊行書目（二）

| | | |
|---|---|---|
| 41. 寒花墜露 | 繆天華著 | 小品文 |
| 42. 中國歷代故事詩①② | 邱燮友著 | 文學 |
| 43. 孟武隨筆 | 薩孟武著 | 散文 |
| 44. 西遊記與中國古代政治 | 薩孟武著 | 歷史論述 |
| 45. 應用書簡 | 姜超嶽著 | 書信 |
| 46. 談文論藝 | 趙滋蕃著 | 散文 |
| 47. 書中滋味 | 彭歌著 | 散文 |
| 48. 人間小品 | 趙滋蕃著 | 散文 |
| 49. 天國的夜市 | 余光中著 | 新詩 |
| 50. 大湖的兒女 | 易君左著 | 回憶錄 |
| 51. 黃霧 | 朱桂著 | 散文 |
| 52. 中國文化與中國法系 | 陳顧遠著 | 法制史 |
| 53. 火燒趙家樓 | 易君左著 | 回憶錄 |
| 54. 抛磚記 | 水晶著 | 散文 |
| 55. 風樓隨筆 | 鍾梅音著 | 散文 |
| 56. 那飄去的雲 | 張秀亞著 | 小說 |
| 57. 七月裡的新年 | 蕭綠石著 | 散文 |
| 58. 監察制度新發展 | 陶百川著 | 政論 |
| 59. 雪國 | 喬遷譯 | 小說 |
| 60. 我在利比亞 | 王琰如著 | 遊記 |
| 61. 綠色的年代 | 蕭綠石著 | 散文 |
| 62. 秀俠散文 | 祝秀俠著 | 散文 |
| 63. 雪地獵熊 | 段彩華著 | 小說 |
| 64. 弘一大師傳①②③ | 陳慧劍著 | 傳記 |
| 65. 留俄回憶錄 | 王覺源著 | 回憶錄 |
| 66. 愛晚亭 | 謝冰瑩著 | 小品文 |
| 67. 壘趣集 | 孫如陵著 | 散文 |
| 68. 蘆溝橋號角 | 易君左著 | 回憶錄 |
| 69. 遊記六篇 | 左舜生著 | 遊記 |
| 70. 世變建言 | 曾虛白著 | 時事論述 |
| 71. 藝術與愛情 | 張秀亞著 | 小說 |
| 72. 沒條理的人①② | 譚振球著 | 哲學 |
| 73. 中國文化叢談①② | 錢穆著 | 文化論集 |
| 74. 紅紗燈 | 琦君者 | 散文 |
| 75. 青年的心聲 | 彭歌著 | 散文 |
| 76. 海濱 | 華羽著 | 小說 |
| 77. 傻門春秋 | 幼柏著 | 散文 |
| 78. 春到南天 | 葉曼著 | 散文 |
| 79. 默默遙情 | 趙滋蕃著 | 短篇小說 |
| 80. 屐痕心影 | 曾虛白著 | 散文 |

# 三民文庫已刊行書目（一）

| | | | |
|---|---|---|---|
| 1. | 鵝毛集 | 梁容若著 | 散文 |
| 2. | 琦君小品 | 琦君著 | 散文 |
| 3. | 我與文學 | 張秀亞著 | 散文 |
| 4. | 兩地 | 林海音著 | 散文 |
| 5. | 失去的影子 | 于吉著 | 小說 |
| 6. | 海星 | 郭嗣汾著 | 小說 |
| 7. | 作家印象記 | 謝冰瑩著 | 傳記 |
| 8. | 知識論 | 何秀煌譯 | 哲學 |
| 9. | 瀰園雜憶 | 胡耐安著 | 傳記 |
| 10. | 摘星文選 | 鍾梅音著 | 散文 |
| 11. | 值得回憶的事 | 宋希尚著 | 傳記 |
| 12 | 回國前後 | 陶百川著 | 日記 |
| 13. | 語言的哲學 | 何秀煌譯 | 哲學 |
| 14. | 回憶與感想 | 徐世大著 | 傳記 |
| 15. | 楊肇嘉回憶錄①② | 楊肇嘉著 | 傳記 |
| 16. | 學生時代 | 薩孟武著 | 傳記 |
| 17. | 印度文學欣賞 | 糜文開編著 | 文學 |
| 18. | 水滸傳與中國社會 | 薩孟武著 | 歷史論述 |
| 19. | 我在美蘇采風探眞 | 陶百川著 | 回憶錄 |
| 20. | 美國對華政策透視 | 陶百川著 | 外論著交 |
| 21. | 我生一抹 | 姜超嶽著 | 傳記 |
| 22. | 科學的哲學 | 何秀煌譯 | 哲學 |
| 23. | 我的回憶 | 謝冰瑩著 | 傳記 |
| 24. | 天下大勢老實話 | 陶百川著 | 外交論著 |
| 25. | 邏輯 | 何秀煌著 | 哲學 |
| 26 | 中年時代 | 薩孟武著 | 傳記 |
| 27. | 吳鐵城回憶錄 | 吳鐵城著 | 傳記 |
| 28. | 我祇追求一個圓 | 鍾梅音著 | 散文 |
| 29. | 秋瑾革命傳 | 秋燦芝著 | 傳記 |
| 30. | 七十自述 | 淩鴻勛著 | 傳記 |
| 31. | 教育老兵談教育 | 洪炎秋著 | 教育論述 |
| 32. | 珊瑚島 | 呼嘯著 | 小說 |
| 33. | 老莊思想與西方哲學 | 宋稚青譯 | 哲學 |
| 34. | 忙人閑話 | 洪炎秋著 | 散文 |
| 35. | 莊子 | 陳冠學譯 | 哲學 |
| 36. | 實用書簡 | 姜超嶽著 | 書信 |
| 37. | 近代藝術革命 | 徐代德譯 | 藝術 |
| 38. | 詩詞曲疊句欣賞研究 | 裴普賢著 | 文學 |
| 39. | 夢與希望 | 鍾梅音著 | 散文 |
| 40. | 夜讀雜記①② | 何凡著 | 散文 |